dtv

Äußerlich scheint in diesen zehn Geschichten alles normal. Von Singles und Paaren ist die Rede, wie sie leben, arbeiten, sich vergnügen. Aber unter der Oberfläche spielen sich kleine Dramen ab – die Welt der Lilian Faschinger ist nicht geheuer … »Lilian Faschinger zeichnet mit wenigen genauen Requisiten ein vielsagendes Ambiente, den ganzen sozialen Hintergrund ihrer Figuren. Dazu genügen ihr ein paar Glaskugeln auf einem Spieltisch, ein schwarzer Kimono, ein einsames Essen in einem indischen Restaurant.« (Margrit Irgang in der ›Süddeutschen Zeitung‹)

Lilian Faschinger wurde am 29. April 1950 in Tschöran/Kärnten geboren. Studium der Anglistik und Geschichte in Graz. 1975 Promotion in englischer Literaturwissenschaft. Lebt als freie Schriftstellerin und Übersetzerin in Graz. Weitere Werke: ›selbstauslöser. lyrik und prosa‹ (1983); ›Die neue Scheherazade‹ (1986), ›Lustspiel‹ (1989), ›Magdalena Sünderin‹ (1995), Romane.

Lilian Faschinger

Frau mit drei Flugzeugen

Erzählungen

Deutscher Taschenbuch Verlag

Für Thomas Priebsch

Ungekürzte Ausgabe
August 1997
Deutscher Taschenbuch Verlag GmbH & Co. KG,
München

ISBN 3-462-02280-6
Umschlagkonzept: Balk & Brumshagen
Umschlagbild: ›Der rote Baron‹ von Christian Claerebout
(© GALERIE 33, Aachen)
Gesetzt aus der Sabon 10,5/12· (Winword 6.0)
Gesamtherstellung: C. H. Beck'sche Buchdruckerei,
Nördlingen
Gedruckt auf säurefreiem, chlorfrei gebleichtem Papier
Printed in Germany · ISBN 3-423-12353-2

Inhalt

Die Kugel

Das rotierende Licht an der Decke wirft Farbflecken auf die Redenden, Trinkenden, Tanzenden darunter. Luka trocknet die Gläser und stellt sie mit der Oberfläche nach unten auf die dafür vorgesehene verchromte Fläche. Er arbeitet gern hinter der Bar. Sein Bereich ist abgesteckt, er braucht sich kaum zu bewegen, man bewegt sich zu ihm hin. Er sieht alles und ist durch den Schanktisch geschützt.

Ein Bier, sagt die blonde Frau mittleren Alters mit Silberflitter auf den Augenlidern und setzt sich auf einen der roten Hocker. Luka blickt sie kurz an.

Sie ist einsam. Sie wird reden.

Er stellt ein Glas unter den Zapfhahn und läßt das Bier langsam einlaufen. Als er es vor die Frau hinstellt, rinnt der Schaum über die beschlagene Außenwand des Glases. Macht nichts, sagt die Frau, ohne daß er sich entschuldigt hätte. Meine Katze mag Bier. Sie betrinkt sich damit. Mein Küchenfenster ist im Parterre und geht auf einen Innenhof hinaus. Alle Katzen der Umgebung besuchen mich und meine Katze. Sie springen durch das Fenster.

Ja, sagt Luka und schenkt zwei Gästen, die schon länger an der Bar sitzen und sich mit halb geschlossenen Augen küssen, Cognacs ein.

Hallo, sagt der Stammgast und schwingt sich auf einen Hocker. Wie geht's? Das ist John, ein Freund von mir. Er ist Tänzer. John, das ist Luka, der jüngste Barmann der Welt.

Hallo, sagt Luka und mustert den Tänzer. Er ist ein Farbiger, sehr hell, Mitte Dreißig. Sein Haar ist kurz geschnitten, der Körper mittelgroß und schlank. Die Halsmuskeln treten etwas hervor. Er scheint leicht angetrunken zu sein, seine Augen glitzern.

Hallo Luka, sagt er und hebt die Hand wie zum Schwur.

Luka geht seiner Arbeit nach und wechselt gelegentlich ein paar Worte mit den beiden Gästen. Der Tänzer beobachtet ihn unverhohlen.

Wann schließt die Bar, fragt er.

Um zwei, sagt Luka.

Die blonde Frau spricht inzwischen mit dem Paar, das aufgehört hat, sich zu unterhalten.

Und dann baute sich der Kapitän einen Sarg, trug ihn auf die Veranda und legte sich hinein, sagt sie.

Das Paar starrt sie händchenhaltend an.

Und in derselben Nacht wurde meine Katze vom Auto überfahren, fährt die blonde Frau fort. Die Karten lügen nie.

Wir könnten nachher zu mir gehen, schlägt der Tänzer vor. Alle drei. Wenn Sie mit Ihrer Arbeit fertig sind. Wenn du mit deiner Arbeit fertig bist, setzt er hinzu und lächelt.

Luka sieht ihm in die Augen. Er könnte mein Vater sein. Er ist interessant. Ich erlebe nichts. Ich bin sechzehn. Ich möchte, daß etwas geschieht.

Der Kopf der blonden Frau schlägt auf der glatten Kunststoffoberfläche des Schanktisches auf.

Die Wohnung des Tänzers liegt im obersten Stockwerk eines Hauses im Zentrum. Sie ist sehr geräumig und enthält wenige Möbelstücke. Riesige Schwarzweißfotos, die den Tänzer in verschiedenen Körperstellungen zeigen, hängen an den Wänden. Auf einem mit grünem Filz bezogenen Spieltisch liegen viele große Glaskugeln. Luka nimmt eine in die Hand. In ihrem Inneren öffnet sich ein purpurroter Fallschirm. Er läßt die Kugel von einer Hand in die andere fallen. Sie ist kalt und schwer.

Ich sammle sie, sagt der Tänzer. Am liebsten habe ich durchsichtige Kugeln ohne farbige Einschlüsse. Sie sind nicht leicht zu bekommen.

Der Stammgast ist sehr betrunken. Er verschwindet in einem der Zimmer.

Mit der Kugel in der Hand geht Luka durch die offene Tür auf eine mit Blumen und Bäumen bepflanzte Terrasse. Es ist nicht kalt. Er setzt sich in einen Lehnstuhl aus Rattanrohr.

Was willst du trinken, fragt der Tänzer. Bier, Wein, Wodka, Whisky, Cognac.

Wodka, sagt Luka und wiegt die Kugel in der Hand. Mit Orangensaft.

Der Tänzer geht in das Innere der Wohnung zurück. Luka hört leises Klirren. Er steht auf und lehnt sich an die niedrige Mauer der Terrasse. Er sieht die Lichter der Straßenzüge.

Der Tänzer berührt leicht seinen Nacken.

Hier ist dein Glas, sagt er und stellt sich zu ihm an die Mauer.

Was tanzen Sie, fragt Luka.

Ich tanze allein, sagt der Tänzer. Ich erarbeite meine Programme selbst. Ich reise viel. Ich bin aus Haiti. Hier wohne ich am häufigsten.

Ich wohne mit meiner Schwester zusammen, sagt Luka. Sie ist Lehrerin.

Er trinkt schnell. Er hat das Glas in der einen und die Kugel in der anderen Hand. Der Tänzer bringt ihm einen zweiten, dann einen dritten Wodka. Er berührt sein Ohrläppchen. Luka umklammert die Kugel. Der Tänzer läßt den Zeigefinger über seinen Hals und seine Brust gleiten. Luka steht reglos. Der Tänzer greift sanft nach seiner Hand, entwindet ihm die Kugel und legt sie auf die Mauer. Luka schwankt. Er sieht die Hängematte, die sich diagonal über eine Ecke der Terrasse spannt. Der Tänzer folgt seinem Blick.

Willst du dich in die Hängematte legen, fragt er. Sie ist sehr bequem.

Er legt Luka den Arm um die Schultern und führt ihn hin.

Sie ist aus Haiti, sagt er. Du mußt dich schräg hineinlegen, dann liegst du angenehm.

Luka stellt sein Glas auf den Boden und legt sich hin. Die Hängematte paßt sich seinem Körper an. Er blickt in den Himmel.

Wo ist der Orion. Die Schwester hat mir gezeigt, wo der Orion ist. Ein Krieger mit breiten Schultern und einem Gürtel. Ich finde den Orion nicht.

Der Tänzer steht neben ihm und stößt die Hängematte leicht mit der Hand an, so daß sie hin und her schaukelt. Dann gleitet auch er hinein. Sein Kopf befindet sich neben Lukas Füßen. Seine Hände umfassen dessen Fußgelenke, schieben den Stoff der Jeans hinauf und streicheln seine Waden.

Luka blickt starr in den schwarzen Himmel und rührt sich nicht, als die Hände des Tänzers sich weiter vortasten.

Luka geht durch eine Platanenallee. Der Morgen ist sonnig, ein kühler Wind weht. Links über ihm rattern die blauen Waggons der U-Bahn. In einer offenen Telefonzelle schreit ein Mann etwas in einer fremden Sprache in den Hörer. Vor der Telefonzelle geht eine weiße Frau mit einem schwarzen Kind auf dem Arm auf und ab.

Die Schwester steht im Morgenmantel in der Küche.

Wo warst du, fragt sie. Du bist blaß.

Wir haben gefeiert, sagt Luka.

Die Bar ist nicht das richtige für dich, sagt die Schwester. Sie dreht sich um, streicht mit den Händen über seine Schultern und die Arme entlang und küßt ihn auf den Mund.

Ich habe mir Sorgen gemacht, sagt sie. Du mußt aufpassen.

Luka setzt sich an den Küchentisch. Die Schwester stellt eine Schale vor ihn auf den Tisch. Sie schenkt ihm Kaffee aus einem Glaskrug ein. Er betrachtet sie. Eine schöne Frau. Am Morgen ist sie warm und weich. Ihre Augen haben sich noch nicht ganz geöffnet, die Haare fallen ihr ins Gesicht und über die Schultern. Der nachlässig geschlossene Morgenmantel gibt den Blick auf Teile ihres Körpers frei. Sie gähnt und stellt sich mit dem Rücken zu ihm ans Fenster. Die Konturen ihrer Gestalt zeichnen sich schwarz vor dem hellen Hintergrund ab. Sie hebt die Arme und streckt die Finger.

Er steht auf, umfaßt sie von hinten und drückt seinen Mund in ihr Haar.

Ich gehe schlafen, sagt er.

Als er durch den Korridor geht, öffnet sich die Tür des Schlafzimmers seiner Schwester. Ein Mann, der eines ihrer Hemden trägt, murmelt einen Gruß und geht ins Badezimmer.

Der Tänzer tritt an die Bar und stützt einen Ellbogen auf.

Wie geht es dir, fragt er.

Ich bin müde, sagt Luka.

Hast du heute Zeit.

Nein. Ich muß schlafen.

Morgen.
Ich weiß nicht.
Wir gehen essen. Ich hole dich ab. Wo wohnst du.
Vielleicht.
Wo wohnst du.

Luka steht vor dem Spiegel im Badezimmer und kämmt sich. Dabei verwendet er kleine Mengen von Haarwachs aus einer Dose, das er mit den Fingerspitzen berührt, um sich dann leicht durch die Haare an Stirn- und Schläfenansatz zu fahren. Das Badezimmer ist groß und hat ein Fenster, vor dem der Drahtrahmen einer Lampe hängt. Seine Schwester hat ihn aus dem Speicher geholt und verwendet ihn, um ihre vielen Ohrringe daran aufzuhängen. Luka wischt sich die Finger an einem Handtuch ab und hält große Ohrgehänge aus schwarzen Glasperlen an seine Ohren. Er hängt sie wieder an den Drahtrahmen und wählt eine winzige rote Spirale aus, die er an seinem rechten Ohr befestigt. Dann betrachtet er die Reihe von Flakons und Fläschchen, die seiner Schwester gehören, nimmt einen leuchtend blauen, schön geschliffenen Flakon und sprüht sich ein wenig Parfum auf die Innenseite der Handgelenke. Er hält sich gern zwischen den vielen Dingen der Schwester im Badezimmer auf. Ihm gehört in dem Raum fast nichts.

Es läutet. Auf dem Weg zur Tür sieht er die Schwester am Korridorfenster stehen und zum Haustor hinunterblicken.

Wer ist das, fragt sie.
Ein Mann, sagt Luka.

Der Kellner bringt gefüllte Feigen.
Interessierst du dich für Fotos, fragt der Tänzer.
Ich weiß nicht, sagt Luka.

In der Nähe ist eine Ausstellung, die ich mir ansehen möchte.

Der Tänzer läßt Luka nicht aus den Augen. Nachdem er die Rechnung bezahlt hat, gehen sie durch einen kleinen Park zu einem gläsernen Pavillon. Der Tänzer lehnt sich an einen Baum und zieht Luka an dessen Rockaufschlägen an sich.

Du, sagt er und stößt ihn sanft wieder von sich weg.

Die Fotos stammen von einem japanischen Fotografen und zeigen fast ausnahmslos dessen verstorbene Frau. Die Porträts erinnern an alte Gemälde, die junge, zarte Frau ist von zeitlosem Aussehen. Außer den Porträts ist noch eine Reihe von Fotos mit dem Titel Die Reise ausgestellt. Luka tritt näher.

Es sind vergrößerte Kontaktabzüge, oben und unten mit schwarz gelochten Streifen, wie zufällig gebannt. Bilder von Wolken, die offenbar aus einem Flugzeug aufgenommen worden sind, die Frau in der Halle eines Flughafens, Straßenszenen. Die Frau hinter einem grün gekleideten Straßenkehrer mit einem grünen Besen neben dem grünen Auto der Straßenreinigung, die Frau in einem rosa T-Shirt auf einem Blumenmarkt, im Inneren eines Zimmers, eines Hotelzimmers wohl. Dann immer wieder der Bildschirm eines Fernsehapparates, grobkörnige Bilder, der Nachrichtensprecher, Gesichter von Schauspielern, Werbefernsehen, das Testbild. Dann die Frau im rosa T-Shirt in einer Zimmerecke, vor einem Fenster. Dann das geöffnete Fenster. Der Blick aus dem Fenster auf die Straße weit unten. Die Frau im rosa T-Shirt auf dem Straßenpflaster, eine kleine Gestalt, auf dem Bauch liegend. Dann wieder der Fernsehschirm.

Der Tänzer tritt zu Luka.

Er hat den Selbstmord seiner Frau fotografiert, sagt er.

Er hat sie dazu getrieben, sagt Luka und sieht ihn an.
Der Tänzer nimmt seine Hand. Luka entzieht sie ihm.

Luka geht am Aufzug vorüber und läuft die neun Stockwerke zur Wohnung des Tänzers hinauf. Atemlos lehnt er sich an die weiß gestrichene Tür, streicht mit den Händen darüber und küßt sie. Dann läutet er.

Der Tänzer trägt eine lange, fein gestreifte Tunika und umarmt ihn. Luka befreit sich.

Ich möchte baden. Du kannst mir zusehen, wenn du willst, sagt er.

Der Tänzer geht ins Badezimmer, und Luka nimmt die Kugel mit dem roten Fallschirm in ihrem Inneren und spielt mit ihr. Dann folgt er dem Tänzer. Das Badezimmer ist sehr groß und mit weißen Fliesen ausgelegt. Eine Tür und ein großes Fenster, vor dem hohe Grünpflanzen stehen, führen auf die Terrasse. Beide sind offen. Die ovale Badewanne befindet sich im Zentrum des Raumes. An einer Wand steht ein weißer Diwan. Der Tänzer läßt Wasser ein. Er prüft mit der Hand die Temperatur und dreht den Hahn zu. Dann setzt er sich auf den Diwan und beobachtet Luka beim Auskleiden. Er sitzt aufrecht, die Hände auf die Oberschenkel gelegt. Luka zieht sich langsam aus und legt jedes Kleidungsstück über eine Stuhllehne. Er ist schmal und wenig behaart. Eine weiße Narbe verläuft parallel zum linken Schienbein. Der Tänzer schiebt die Hände zwischen die Knie. Luka steigt in die Wanne und seufzt leise, als er seinen Körper ins Wasser taucht.

Hast du Champagner, fragt er.

Der Tänzer verläßt den Raum und kommt mit einer geöffneten Flasche Champagner und zwei Gläsern zurück. Er gießt die Gläser voll und stellt sie auf den Wannenrand. Dann rückt er einen gepolsterten Schemel an das Kopfende der Wanne, setzt sich, reicht Luka ein Glas und trinkt aus dem zweiten. Er sitzt knapp hinter Lukas Kopf und betrachtet dessen ausrasierten Nacken, seine knochigen, von Sommersprossen übersäten Schultern, die leicht vorstehenden Schulterblätter, die Erhebungen der Rückenwirbel. Luka seufzt wieder und streckt sich in der Wanne aus. Im Wasser scheint sein langer Körper grünlich zu sein.

Gib mir den Schwamm, sagt er.

Der Tänzer greift nach dem großen blaßgelben Schwamm, der auf dem Waschbecken liegt, und berührt damit Lukas Schultern.

Laß mich, sagt Luka scharf.

Laß mich, sagt der Tänzer im selben Ton, läßt den Schwamm in die Wanne fallen, blickt auf Lukas Sommersprossen, ergreift von hinten seine Schultern mit beiden Händen und drückt seinen Kopf kurz unter Wasser.

Bist du verrückt, sagt Luka, nachdem er wieder aufgetaucht ist.

Bist du verrückt, sagt der Tänzer im selben Tonfall und geht aus dem Badezimmer.

Als Luka in der Nacht nach Hause kommt, sitzt ein fremder Mann biertrinkend in der Küche. Luka öffnet den Kühlschrank, nimmt eine Flasche Wodka heraus und geht in sein Zimmer. Gegen Mittag klopft die Schwester an die Tür.

Telefon für dich, sagt sie. Schon wieder dieser Mann.

Ich bin nicht da, sagt Luka.

Er meint, es sei dringend.

Ich bin nicht da, sagt er.

Luka geht nackt auf der Dachterrasse des Tänzers hin und her und spritzt mit einem Schlauch die Pflanzen ab.

Ein Schwarm von Mauerseglern stürzt kreischend durch die schwüle graue Luft auf die Terrasse zu und entfernt sich wieder in einem hohen Bogen. Luka hört, wie der Tänzer in einer fremden Sprache telefoniert und hält inne. Der Ton ist weich, zärtlich. Das Telefongespräch dauert lange. Luka lehnt sich an die offene Terrassentür und hört aufmerksam zu. Der Tänzer legt den Hörer auf und bleibt auf dem Sofa sitzen, die Ellbogen auf den Knien, die Hände gefaltet.

Mit wem hast du gesprochen, fragt Luka.

Mit meinem Freund, sagt der Tänzer.

Wo ist er.

In New York.

Wie alt ist er.

Ein Jahr älter als ich.

Ein alter Mann, sagt Luka und lacht. Er nimmt die Glaskugel vom Tisch, wirft sie in die Luft und fängt sie wieder auf.

Schenk mir die Kugel, sagt er. Ich will die Kugel haben.

Nimm sie doch.

Luka geht wieder auf die Terrasse und legt sich in die Hängematte. Er beschwert seinen Bauch mit der Kugel, so daß das Fleisch einsinkt. Der Tänzer geht ihm nach, streicht leicht über seine Hüften und greift nach der Kugel.

Nein, sagt Luka und schützt die Kugel mit beiden Händen.

Der Tänzer stößt die Hängematte heftig an.

Hör auf damit, sagt Luka.

Was erwartest du, sagt der Tänzer.

Schenk mir die Tunika, sagt Luka.

Der Tänzer zieht sich die Tunika über den Kopf und wirft sie auf Lukas Körper. Luka lacht, bedeckt sich sorgfältig damit und ergreift die linke Hand des Tänzers.

Und die Uhr, sagt er, fährt mit dem Daumen über das schwarze Zifferblatt und öffnet den Verschluß des Armbandes. Ich will die Uhr.

Die blonde Frau mittleren Alters hört nicht auf zu reden.

Natürlich spürt meine Katze Gewitter voraus, sagt sie. Ganz zu schweigen von Erdbeben. Aber der Kapitän mochte sie nicht. Sie zerbiß eines seiner Hemden, und er packte sie am Schwanz und schleuderte sie quer durch die Wohnung. Ich habe ihn hinausgeworfen, aber er ist wiedergekommen und hat Bier für die Katze mitgebracht.

Luka nickt und gießt zwei Gläser bis zur Markierung mit Weißwein voll. Er blickt auf und sieht, wie der Tänzer die Treppe herunterkommt und auf die Bar zugeht.

Es ist nicht einfach, sagt er.

Der Tänzer lehnt sich an die Bar.

Sehen wir uns, fragt er.

Nein, sagt Luka.

Ich fliege übermorgen. Ich werde zwei Monate fort sein.

Ja, sagt Luka und stellt die Gläser vor zwei Männer in dunkelgrauen Anzügen.

Eine Pause entsteht.

Ist das alles, fragt der Tänzer.

Luka antwortet nicht.

Der Tänzer wendet sich um und geht durch die vielen Gäste hindurch zur Tür. Luka blickt ihm nach, dann verläßt er die Bar und geht auf die Toilette. Er lehnt die Stirn an die mit Sprüchen und Zeichnungen bedeckte Wand und weint. Über dem Waschbecken wäscht er sich das Gesicht, zieht die großen schwarzen Glasperlenohrringe aus der Tasche und legt sie vor dem Spiegel an. Dann geht er zurück hinter die Bar.

Nein, es ist nicht einfach, sagt die blonde Frau. Wenn man bedenkt, daß ich dann wegen dieser Fehlgeburt im Krankenhaus lag und der Kapitän mich kein einziges Mal besuchte. Nicht einmal die Katze versorgte er ordentlich. Ich verlor literweise Blut, und er fuhr mit einer anderen Frau nach Zagreb. Ich hätte es wissen müssen. Es stand alles in den Karten. Die Ohrringe stehen Ihnen aber nicht schlecht.

Am Morgen betritt die Schwester Lukas Zimmer und setzt sich an den Bettrand. Lukas Kopf liegt tief im Kissen vergraben, seine Beine ragen bis zu den Knien unter der Decke hervor.

Ich mache mir Sorgen um dich, sagt sie. Du redest nichts. Du bist so schmal.

Sie beginnt seine Fußknöchel und Waden zu streicheln.

Luka setzt sich abrupt auf.

Laß mich in Ruhe, ruft er.

Die Schwester sieht die Ohrringe an seinen Ohren, fährt in die Höhe und läuft ans Fenster. Dort dreht sie sich um.

Ich habe es gewußt, sagt sie. Es ist dieser Mann. Du hast keine Ahnung. Er ist erfahren.

Sei still, sagt Luka. Sei endlich still.

Wie du aussiehst, sagt sie. Sieh doch, wie du aussiehst.

Luka wendet sich langsam seitwärts, nimmt die Glaskugel vom Kästchen neben seinem Bett und wirft sie mit aller Kraft durch das Zimmer. Die Kugel verfehlt den Kopf der Schwester um weniges und durchschlägt die

Fensterscheibe. Klirrend fallen Glasscherben auf den Parkettboden. Die Augen im Kopf der Schwester sind geschlossen.

Schöne Dinge

Ein Geräusch weckt Lechner auf. Er hebt den Kopf.

Die Rehe, denkt er. Sie sind wieder im Garten.

Ohne das Licht einzuschalten, steht er auf, geht ans Fenster und schiebt den zugezogenen Vorhang zur Seite. Draußen dämmert es. Ein hellgrauer Streifen liegt im Osten über dem Horizont. Auf der Rasenfläche vor dem Haus stehen zwei Rehe. Sie recken die Köpfe in die Höhe.

Was tust du, sagt Lechners Frau und setzt sich im Bett auf. Warum weckst du mich. Du weißt, wie schlecht ich schlafe. Ich bin erst vor kurzem eingeschlafen. Ich mußte eine Schlaftablette nehmen. Ohne Tabletten kann ich nicht einschlafen.

Sei still, sagt Lechner. Die Rehe sind wieder da.

Die Rehe, sagt die Frau. Sie zerstören alles. Dieses Haus. Dieses unglückselige Haus. Wir hätten dieses Haus nie bauen sollen.

Sei still, sagt Lechner, verläßt das Zimmer und nimmt das Luftdruckgewehr, das neben ein paar Wintermänteln an der Hinterwand des Einbauschranks im Vorraum lehnt. Es ist immer geladen. Der Schaft ist kühl. Lechner geht zurück ins Schlafzimmer, stellt das Gewehr behutsam an die Wand und öffnet leise einen Fensterflügel. Die Rehe stehen neben dem Rosenbeet.

Sie fressen die Rosenknospen, denkt Lechner. Die schönen Knospen der Rosen.

Was fressen sie, sagt Lechners Frau. Was fressen sie diesmal. Sie fressen alles.

Sei still, sagt Lechner und hebt das Gewehr. Er richtet den Lauf auf die linke Hinterseite des größeren Tieres.

Seine Hand ist ruhig. Er drückt ab. Ohne einen Laut von sich zu geben, setzt das getroffene Reh über die das Grundstück umschließende Hecke. Auch das zweite Tier springt über die Hecke und ist verschwunden. Lechner dreht sich um. Er will das Gewehr wieder in den Schrank zurückstellen. Dann überlegt er es sich, lehnt es an die Wand des Schlafzimmers und steigt wieder ins Bett.

Es hat keinen Zweck, denkt er und dreht sich auf die der Frau abgewandte Seite des Ehebettes. Sie kommen immer wieder. Man müßte sie töten. Warum kommen sie bis in die Gärten. Im Wald haben sie genug zu fressen. Sie werden immer unverschämter.

Die Stimme der Frau läßt Lechner aufschrecken.

Steh auf, sagt die Frau. Ich bin schon vor einer Stunde aufgestanden. Steh endlich auf.

Lechner antwortet nicht. Er blickt durch das Fenster und sieht die Sonne hinter der hohen, schräg stehenden Buche. Er ist froh, daß er beschlossen hat, das Schlafzimmer mit zwei großen Fenstern auszustatten.

Das Gartentor schließt nicht, sagt die Frau und verläßt das Schlafzimmer.

Lechners Blick fällt auf ein Foto, das auf dem Nachtkästchen steht. Es ist ein altes Foto. Es zeigt seine Frau und ihn mit ihren drei Töchtern. Die drei Töchter sind nun erwachsen. Sie kommen selten und bleiben nicht lange. Daß ihn das nicht wundert, denkt Lechner. Er würde es auch nicht lange in diesem Haus aushalten, wenn er es nicht gebaut hätte. Er nimmt das Foto in die Hand und blickt das Gesicht der jüngsten Tochter an. Mit der jüngsten Tochter hat er manchmal gesprochen. Er betrachtet seine Frau. Daß sie schön war, denkt er. Daß sie nie glücklich waren. Daß es eine Zeit gegeben hat, in der alles besser gegangen ist. Er versteht seine Frau nicht. Er versteht nicht, warum sie nicht aufgibt. Ihn nicht in Ruhe läßt. Warum sie nicht aufhört zu reden.

Lechner denkt, daß er gern einen Sohn gehabt hätte. Diesem Sohn hätte er vieles gezeigt. Er hätte mit ihm gesprochen. Er wäre nicht verstummt inmitten der Frauen, der Reden über Wolle und Knöpfe und gewissenlose Männer, die ihre Frauen verlassen, über Kinder und Obst und Perlenketten. Es tut ihm leid, daß ihn diese Dinge nicht interessieren. Nichts von den Dingen der Frauen interessiert ihn. Er hätte seine Frau gern verlassen. Er bewundert die Männer, die den Mut haben, Frau und Kind zu verlassen. Die sich weigern, die Reden länger anzuhören.

Lechner nimmt das kleine Kofferradio in die Hand, das immer auf dem Nachttisch steht, und dreht am Sucherknopf, ohne es einzuschalten. Daß ihn nichts interessiert, denkt er. Er sieht das Gewehr an der Wand. Daß er gern auf Rehe schießt, denkt er.

Lechner geht in den Garten, um den Rasen zu mähen. Auf dem Weg dorthin blickt er in die offene Küche und sieht seine Frau mit dem Strickzeug im Schoß auf einem Stuhl sitzen. Sie hat die Hände in den Schoß gelegt und schaut zur Küchenuhr auf. Schnell geht er die Treppe hinunter. Er holt den Rasenmäher aus der Werkstatt und läßt den Motor an. Langsam geht er mit dem Rasenmäher über die Grünfläche vor dem Haus. Er geht auf und ab. Der Rasenmäher ist laut. Warum er hier mit dem Rasenmäher auf und ab geht, denkt Lechner. Warum er nicht woanders ist.

Er sieht die Frau mit einer Schüssel in der Hand aus dem Haus kommen. Er sieht das harte, traurige Gesicht.

Das Gartentor schließt nicht, sagt die Frau im Vorbeigehen.

Lechner sagt nichts und dreht an der Hausmauer um.

Alles muß man selber machen, sagt die Frau und beugt sich zu den Pflanzen hinunter. Wir hätten das Haus nie bauen sollen.

Lechner stößt mit dem Mäher gegen den Stamm eines der kleinen Obstbäume, die in einer geraden Linie gesetzt sind. Er flucht leise.

Die Frau streckt sich und pflückt große Bohnen von den hohen Holzstangen. Sie füllt eine Schüssel mit den Bohnen. Dann geht sie über den mit Steinplatten ausgelegten Weg ins Haus zurück.

Die Rehe haben den jungen Salat gefressen, sagt sie. Sie fressen alles.

Lechner ißt das Essen, das seine Frau ihm hingestellt hat. Während er ißt, liest er die Zeitung, die neben dem Teller auf dem Tisch liegt. Er sieht das Datum am oberen Ende der Seite. Daß heute sein Hochzeitstag ist, denkt er. Daß er heute vor neununddreißig Jahren geheiratet hat, denkt er. Daß er nicht gern geheiratet hat. Daß er aber keine andere Möglichkeit gesehen hat.

In der Zeitung liest Lechner, daß ein junger Mann in Amerika von einem Turm auf die Straße geschossen und viele Menschen getötet hat. Lechner wäre gern in Amerika. Daß in Amerika das Land weit ist, denkt er. Daß man viel Platz hat. Daß man seine Ruhe hat.

Er sieht, wie seine Frau mit einem weißen Plastikkorb voll nasser Wäsche aus dem Badezimmer kommt. Sie geht langsam. Ihr Gang bedrückt ihn.

Lechner holt die Heckenschere und geht vor das Haus. Er beginnt die Hecke zu schneiden. Die Frau hängt die Wäsche auf.

Mein Rücken tut weh, sagt die Frau. Das weißt du genau. Du weißt, daß mein Rücken weh tut. Ich darf mich nicht strecken. Ich darf mich nicht bücken. Das weißt du.

Lechner sagt nichts.

Das Gartentor schließt nicht, sagt die Frau.

Lechner wirft die Heckenschere ins Gras und geht ins Haus, über die Treppe, vorbei an der Tür, die ins Schlafzimmer führt. Sein Blick fällt auf die Einkerbungen in der Tür. Immer wenn er sie sieht, denkt er an den Abend, als er sich im Schlafzimmer eingeschlossen hatte und die Frau ins Schlafzimmer wollte. Mit einem schweren Aschenbecher aus dickem Glas schlug sie auf die Tür ein, bis er öffnete. Lechner fragt sich, warum sie keine neue Tür kaufen. Eine neue Tür ist teuer.

Lechner sitzt bei seiner Freundin und trinkt Tee. Er ist nicht sehr gern bei seiner Freundin. Die Freundin ist ihm fremd. Aber er weiß nicht, wohin er gehen soll, wenn die Wut in ihm hochsteigt. Die Freundin sitzt ihm an einem kleinen Tisch gegenüber. Sie ist so alt wie seine Frau. Er hat kein Verhältnis mit ihr. Er hätte gern eines, aber er hat kein Vertrauen. Er hat Angst, die Freundin könnte so werden wie seine Frau.

Lechner blickt sich im Zimmer um. Das Zimmer ist klein und voller Erinnerungen an die Reisen seiner Freundin.

Die Freundin hat eine ruhige Stimme. Wenn er etwas erzählt, hört sie zu. Sie ist Witwe. Es fällt Lechner schwer, die durchsichtige Teetasse in seinen Fingern zu halten. Die Freundin spricht und lächelt. Lechner hört nicht genau hin. Es interessiert ihn nicht, was sie sagt. Er ist so müde.

Ich muß gehen, sagt Lechner und steht auf. Er stößt

mit dem Kopf an die Hängelampe der Freundin. In ihrer Wohnung stößt er sich oft. Die Dinge in ihrer Wohnung sind sehr klein.

Lechner zögert den Heimweg hinaus. Er will nicht nach Hause gehen. Er weiß nicht, wohin er gehen soll. Er geht am Haus seines Bruders vorbei und läutet an der Tür. Der Bruder und seine Frau sind nicht zu Hause. In der beginnenden Dunkelheit geht Lechner weiter. Er geht einen von Apfelbäumen gesäumten Weg. Er denkt, daß er am gleichen Tag geheiratet hat wie sein Jugendfreund, der seit dreißig Jahren in einer großen Stadt im Nachbarland lebt. Der Freund hat ihm geschrieben, aber Lechner hat nicht geantwortet. Er hat nicht gewußt, was er schreiben soll. Seiner jüngsten Tochter schreibt er manchmal Postkarten. Er schreibt nicht viel auf die Karten. Er unterzeichnet sie mit den Worten Dein Vater. Das macht er gern.

Lechner betritt den Schankraum eines Gasthauses, das auf dem Weg zu seinem Haus liegt. Ein paar Männer, die ihn kennen, begrüßen ihn mit lauten Stimmen. Sie laden ihn zu einem Bier ein. Lechner trinkt das Bier schnell aus und bestellt ein neues. Er hat Angst, daß seine Frau in ihrem hellblauen Morgenmantel in der Tür steht. Er hat Angst, daß seine Frau in ihrem hellblauen Morgenmantel auf dem Sofa liegt. Er hat Angst vor ihr.

Die Angst vergeht nach dem zweiten Bier. Lechner bestellt ein drittes. Er redet viel und schnell. Die Männer hören ihm zu und lachen. Lechner erzählt komische Geschichten. Er erzählt die Geschichte mit den Rehen. Er schmückt die Geschichte mit den Rehen aus.

Da stand im Vollmond ein Riesenhirsch in meinem Garten, sagt er und macht eine Geste dazu.

Lechner bestellt eine Runde Schnaps für die Männer. Daß die Männer seine Freunde sind, denkt er. Nicht solche Freunde wie der Freund, der fortgegangen ist, aber Freunde. Er drückt den Freunden die Schnapsgläser in die Hand.

Wir trinken auf meinen Hochzeitstag, sagt er und hebt sein Glas. Heute ist mein Hochzeitstag.

Ein wenig später verläßt Lechner das Gasthaus und geht in der Dunkelheit das kurze Wegstück bis zu seinem Haus. Er sieht das blaue Licht des Fernsehapparates von weitem leuchten.

Er zieht seine Jacke aus und setzt sich ein Stück von seiner Frau entfernt vor den Fernsehapparat. Auf dem Bildschirm geht ein schwarzer Polizist mit einer Pistole in der Hand hinter einem roten Auto in Deckung.

Wie geht es deiner Hure, sagt die Frau plötzlich. Geht es deiner Hure gut.

Der schwarze Polizist richtet die Pistole auf einen jungen Mann, der mit einem Arm eine schöne Frau festhält. Der junge Mann hat die Frau vor sich geschoben. Er hält einen Revolver an die Schläfe der Frau.

Lechners Frau beginnt zu schreien.

Warum bleibst du nicht bei deiner Hure, schreit sie. Bleib doch bei ihr, wenn es dort so schön ist.

Ein zweiter, weißer Polizist macht sich von hinten an den Mann heran, der die Frau festhält.

Sei doch ruhig, sagt Lechner leise. Ich war im Gasthaus. Sei doch ruhig.

Der zweite Polizist entwaffnet den Mann.

Die Frau hört nicht auf zu schreien.

Du hast gesoffen, schreit sie. Du hast schon wieder gesoffen. Alles versäufst du. Mit dem Geld, das du versoffen hast, hätten wir zwei Häuser bauen können.

Lechner starrt auf die Leinwand. Er sieht nicht, was auf der Leinwand vorgeht. Er hört nicht, was seine Frau schreit. Er denkt, daß er seinen Freund gern sehen würde. Er denkt, daß sein Freund ihn verstanden hat. Er denkt, daß er seinem Freund schreiben wird.

Lechner geht aus dem Zimmer. Er läßt die Tür einen Spaltbreit offen.

Lechner erwacht durch einen Schlag auf den Hinterkopf. Instinktiv zieht er den Kopf ein und schützt ihn mit den Händen. Er braucht ein wenig Zeit um festzustellen, daß seine Frau auf ihn einschlägt.

Bist du verrückt, ruft er und versucht, ihre Hände festzuhalten.

Die Frau hört nicht auf. Mit aller Kraft versucht sie sich freizumachen. Es gelingt ihr, die Fingernägel in die Haut an seiner Schläfe zu graben. Als er die Schläfe mit der Hand berührt, spürt er eine Nässe. Er blickt auf seine Finger und sieht, daß sie voll Blut sind.

Du bist verrückt, sagt er. Du bist völlig verrückt.

Wie kannst du schlafen, ruft die Frau, wenn ich nicht schlafen kann. Wie kannst du ruhig schlafen, wenn ich mich hin und her wälze. Du weißt nicht, wie furchtbar es ist, wenn man nicht schlafen kann. Wie kannst du schlafen, wenn ich nicht schlafe.

Lechners Herz klopft. Er hat Angst vor der Wut in sich. Er sieht das Gewehr an der Wand des Schlafzimmers lehnen. Das Gewehr kann keinen Menschen töten.

Die Frau hat sich seinem Griff entwunden und schlägt von neuem auf ihn ein. Lechner packt sie am Hals und würgt sie. Er hat große, starke Hände. Die Frau wehrt sich. Lechner blickt auf seine Hände. Die Hände sehen aus, als gehörten sie nicht zu ihm. Er denkt, daß er aufhören muß, wenn er seine Frau nicht töten will. Er merkt, daß sie sich nicht mehr wehrt. Er will aufhören zu drücken, doch die Hände liegen immer noch um ihren Hals. Mit großer Mühe gelingt es ihm, die Hände von ihrer Kehle zu nehmen. Die Frau sinkt auf das Bett zurück.

Lechner steht auf und nimmt das Kofferradio und das Foto an sich. Er greift nach den Kleidern vom Vortag, die auf einem Stuhl liegen, legt sie über den Arm und verläßt das Schlafzimmer. Er geht ins Badezimmer, zieht sich an, wäscht sich das Gesicht, klebt ein kleines Pflaster über die Wunde an der Schläfe, putzt sich die Zähne und kämmt sich. Er läßt sich Zeit. Er blickt in den Spiegel und sieht den weißhaarigen Kopf eines Mannes Ende Sechzig. Er legt einige Dinge in seine Toilettentasche aus Plastik und zieht den Reißverschluß zu. Er geht aus dem Badezimmer. Als er an der Tür zum Schlafzimmer vorbeikommt, hört er seine Frau stöhnen. Er geht ins Wohnzimmer, holt einen kleinen Schlüssel aus einem der Krüge, die in einer Reihe auf dem Schrank stehen, und sperrt die oberste Lade einer Kommode auf. Er entnimmt ihr Geldscheine, einen Reisepaß und einen Brief. Er legt das Geld in den Reisepaß. Er verschließt die Lade wieder und nimmt eine große, braunweiß karierte Reisetasche von der Garderobe. Er legt das Kofferradio, die Toilettentasche und einen Schirm in die Tasche. Er zieht seine Schuhe und eine Windjacke an. Er steckt das Foto, den Reisepaß und den Brief in die Innentasche der Windjacke und geht über die Treppe in die Garage. Er öffnet das Tor der Garage, geht zum Gartentor, öffnet das Gartentor, geht zurück und setzt sich an das Steuer seines Autos. Er fährt mit dem Auto aus der Garage und durch das Gartentor. Er hält an, geht zurück, schließt das Garagentor und dann das Gartentor. Er steigt in sein Auto. Er fährt weg.

Er kneift die Augen zusammen. Er sieht nicht mehr gut. Er biegt in die Straße ein, die in die Stadt führt. Er fährt bis ans Ende des Dorfes, in dem er geboren ist. Er fährt aus dem Dorf hinaus. Die Straße ist hier nicht mehr beleuchtet. Es ist wenig Verkehr, ab und zu überholt ihn ein Lastwagen.

Lechner denkt langsam. Er denkt klar. Er denkt, daß er ausgenützt worden ist. Er denkt, daß er gearbeitet und nichts bekommen hat. Er denkt, daß er Menschen gern gehabt und nichts bekommen hat. Er denkt, daß der Hochzeitstag seit zwölf Uhr Mitternacht vorbei ist.

Als er sich der scharfen Kurve nähert, denkt er, daß er einfach geradeaus fahren könnte. Wenn er geradeaus fährt, stürzt er über einen steilen Abhang bis zum Sägewerk hinunter. Er hat schon mehrere Autos dort liegen sehen. Vor Jahren hat er sich einmal überlegt, ob er in dieser Kurve geradeaus fahren soll. Damals war die jüngste Tochter noch ein Kind.

Lechner fährt in die scharfe Kurve. Er fährt in die Straßenmitte, um die Kurve zu schneiden. Mit einer kleinen Freude denkt er an die Möglichkeit, daß ihm jemand entgegenkommt. Er nimmt die Kurve gut. Er sieht die Lichter der Stadt in der Ebene. Er bewegt sich weiter auf die Stadt zu. Er fährt zum Bahnhof der Stadt. Er läßt das Auto versperrt vor dem Bahnhofsgebäude stehen und geht mit der fast leeren Reisetasche in die Halle. Auf der großen runden Bahnhofsuhr mit dem weißen Zifferblatt ist es kurz vor fünf Uhr. Das Geräusch seiner festen braunen Schuhe hallt laut auf dem Steinboden des großen Raumes wider. Er fährt mit dem linken Zeigefinger von oben nach unten über den an der Wand angeschlagenen Aushang mit den Abfahrtszeiten der Züge. Er geht zum Fahrkartenschalter und löst eine Karte in die große Stadt, in der sein Freund lebt und in der er selbst sich während des Krieges aufgehalten hat. Er verlangt eine Hinfahrt zweiter Klasse.

Er setzt sich in den Wartesaal. Auf einer der Holzbänke schläft auf dem Rücken, mit überkreuzten Füßen, ein Mann in einem schwarzen Anzug. Auf seinem Bauch liegt ein großer schwarzer Hut. Neben dem Mann sitzt aneinandergelehnt ein junges Paar. Eine Frau betritt den Wartesaal. Ihr Alter ist schwer zu schätzen. Ihre Beine sind unbedeckt und schmutzig, sie trägt rosa Plastiksandalen. Das Gesicht ist zerkratzt, die Haare sind zerzaust und über der Stirn zu zwei kleinen Hörnchen gedreht. Die Frau, die wie ein kleiner Teufel aussieht, spricht schnell und leise vor sich hin. Sie stößt kurze Schreie aus. Sie stellt sich neben Lechner. Sie sieht Lechner aufmerksam an und spricht dabei ununterbrochen. Lechner versteht ab und zu ein Wort, aber er erfaßt den Zusammenhang nicht. Er begreift nur, daß sie von ihm spricht. Er nimmt das Kofferradio aus der Reisetasche, schaltet es leise ein und hält es ans Ohr. Die Frau erhebt klagend und schimpfend die Stimme und verläßt den Warteraum. Ein gewaltiger Ausbruch des Vesuvs innerhalb der nächsten fünfzig Jahre liegt im Bereich der Wahrscheinlichkeit, sagt die Männerstimme im Radio. Diese Ansicht wird von der überwiegenden Mehrheit der Forscher geteilt.

Lechner denkt, daß er Fotos von tätigen Vulkanen und öden, dunklen Vulkanlandschaften gesehen hat. Er würde gern auf den schwarzen Steinen einer solchen Landschaft gehen. Er würde gern dort gehen, wo nichts wächst und wo kein Mensch leben kann. Er glaubt, daß es in Amerika solche Landschaften gibt. Lechner nickt ein und fällt im Halbschlaf immer wieder in ein Loch.

Der Lautsprecher, der die Ankunft seines Zuges bekanntgibt, schreckt ihn aus seinem Dahindämmern auf. Er nimmt die Reisetasche und begibt sich auf den Bahnsteig. Es ist hell geworden. Eine Gruppe junger Leute wartet auf den Zug. Aus ihrem Verhalten und ihren Worten schließt Lechner, daß es sich um eine Reise zum Schulabschluß handelt. Die jungen Leute reden und lachen. Als der Zug einfährt, verabschieden sie sich von ihren Verwandten und Freunden.

Lechner steigt in den Zug und schiebt die Tür eines geschlossenen Abteils zur Seite. In dem Abteil sitzt eine junge Frau mit einem Mädchen von etwa drei Jahren. Das Mädchen hat keine Schuhe an. Seine roten Gummistiefelchen stehen unter der Sitzbank. Es blickt zu Lechner auf und lacht ihn an. Dann geht es in dicken Strümpfen durch die offene Tür und beginnt den Gang auf und ab zu laufen. Die junge Frau ermahnt das Kind leise. Das Kind läuft weiter auf und ab. Lechner hebt die Reisetasche auf die Gepäckablage, tritt durch die Tür und an ein geschlossenes Fenster auf dem Gang. Parallel zu den Geleisen verläuft eine breite Straße. Lechner beginnt die Autos zu zählen. Die Autos werden überlagert von den undeutlichen Umrissen seiner Frau in dem hellblauen Morgenmantel. Er glaubt nicht, daß seine Frau tot ist.

Fang mich auf, ruft das Kind vom anderen Ende des Ganges her. Es läuft so schnell auf Lechner zu, daß er die Arme ausbreitet und in die Knie geht. Das Kind läuft in seine Arme. Er fängt es auf und hebt es hoch. Das Kind lacht und beginnt mit dem Zeigefinger Kreise auf dem staubigen Fenster zu zeichnen.

Schau, sagt Lechner. So viele Autos.

Ich will hinunter, sagt das Kind.

Lechner stellt das Kind wieder auf den Boden. Es läuft den langen Gang entlang bis zu der Glastür, die die zwei Teile des Waggons voneinander trennt. Dort dreht es sich um. Wieder läuft es Lechner entgegen. Wieder fängt Lechner es auf. Sie wiederholen dieses Spiel einige

Male. Lechner bemerkt, daß das Kind im Laufen jedesmal kurz in ein Abteil hineinblickt und dann noch schneller weiterläuft. Er fragt das Kind, wer in diesem Abteil ist. Das Kind nimmt ihn an der Hand und zieht ihn zu dem Abteil hin. Lechner sieht junge Soldaten in grauen Uniformen darin sitzen.

Wer ist das, fragt das Kind.

Das sind Soldaten, sagt Lechner.

Das Kind läuft bis zur Glastür und dreht um. Lechner geht bis zum anderen Ende des Ganges und breitet die Arme aus, um das Kind aufzufangen. Er setzt es auf seinen Arm.

Sie sind gefährlich, flüstert das Kind.

Die Soldaten, sagt Lechner.

Ja, flüstert das Kind. Die Soldaten. Die Männer. Alle sind gefährlich. Du bist auch gefährlich.

Hör auf zu laufen, sagt Lechner. Du bist ja ganz erhitzt.

Die Mutter tritt aus dem Abteil und holt das Kind. Sie entschuldigt sich dafür, daß das Kind Lechner belästigt hat. Sie zieht dem Kind seinen Mantel und die roten Stiefelchen an. Sie steigt mit dem Kind aus.

Alle sind gefährlich, alle sind gefährlich, ruft das Kind ihm beim Aussteigen zu. Du bist auch gefährlich.

Lechner setzt sich, lehnt seinen Kopf in die Ecke, zieht sich die Windjacke vor das Gesicht und versucht zu schlafen.

Er weiß nicht, wieviel Zeit vergangen ist, als ihn ein Mann in einer Uniform um seinen Reisepaß bittet.

Lechner blickt aus dem Fenster und sieht den leicht verfärbten Mischwald, die Tümpel, die sumpfigen Wiesen. Er erkennt die Landschaft wieder. Er denkt daran, daß er vor fünfzig Jahren in einem überfüllten Zug durch diese Landschaft gefahren ist. Er weiß, daß es kurz vor Weihnachten war. Er hatte vier Tage Fronturlaub. Ein junger Soldat aus dem Dorf auf der anderen Seite des Sees begleitete ihn. Der Zug hielt einige Male, und man mußte aussteigen und Schutz suchen vor Tieffliegerangriffen. Lechner erinnert sich daran, daß er sich ins scharfkantige Gras warf und einen Feldhasen aufstörte. Er erinnert sich an das Gesicht des Soldaten aus dem Dorf auf der anderen Seeseite. Die letzten zwanzig Kilometer der Reise legten sie zu Fuß zurück, mitten in der Nacht. Sie gingen miteinander bis zum Anfang des Sees. Dort trennten sie sich, und der Soldat ging auf der Südseite bis zu seinem Dorf, während er selbst auf der Nordseite weiterging. Ab und zu riefen sie einander über den See hinweg bei ihren Namen.

Vor dem Zugfenster tauchen die Zeichen der Stadt auf. Lechner nimmt die leichte Reisetasche und begibt sich zur Tür. Als der Zug hält, drückt er die Klinke nieder und steigt auf den Bahnsteig hinunter. Der Bahnhof ist sehr groß, und Lechner findet sich nicht sofort zurecht. Über ihm wölbt sich ein riesiges Glasdach. Er geht den Bahnsteig entlang und betritt die weite Halle.

Mit der Rolltreppe fährt er zum Ausgang hinunter. Neben ihm fahren die Menschen auf einer anderen Rolltreppe hinauf. Ein junger Mann in einem blauen Arbeitsoverall stürzt an den anderen Menschen vorbei. Ein wenig hinter ihm läuft ein zweiter, der ein Messer in der Hand hält.

Ich schlitz dich auf, ruft er. Wenn ich dich kriege, schlitz ich dich auf.

Lechner, der die rechte Hand auf das Geländer der Rolltreppe gelegt hat, merkt, daß die Hand sich mit dem Geländer etwas schneller bewegt als der Rest seines Körpers.

Neben dem Ausgang sieht er das Wort Bank in großen weißen Blockbuchstaben. Er geht zum Schalter und schiebt dem Angestellten sein Sparbuch hin. Der Angestellte schlägt es auf, blättert darin und sieht Lechner an.

Es tut mir leid, aber in diesem Land können Sie von Ihrem Sparbuch nichts abheben, sagt er.

Lechner schweigt. Dann nimmt er die Geldscheine aus dem Reisepaß.

Ich möchte Geld wechseln, sagt er.

An der Kasse, sagt der Angestellte.

Lechner wechselt das Geld und tritt ins Freie. Auf dem Platz und in den Straßen vor dem Bahnhof herrscht dichter Verkehr. Lechner hat eine andere Stadt in Erinnerung, eine Stadt aus Ruinen, eine stille Stadt. Er geht durch diese fremde Stadt, wie er damals durch die andere Stadt gegangen ist. Er erkennt nichts wieder.

Er hat Hunger. Er tritt durch eine offene, nur mit einem weißen Plastikvorhang verhängte Tür, über der in roten Schriftzeichen das Wort ASIA steht. Er setzt sich an einen großen leeren, mit einem roten Tischtuch bedeckten Tisch. Neben ihm steht auf einem Bord ein kleines Aquarium. Das Innere des Aquariums leuchtet blaugrün. Ein Kellner fragt Lechner nach seinen Wünschen. Lechner bestellt ein Bier und ein Gericht mit einem Namen, der ihm unbekannt ist. Er betrachtet die kleinen Fische im Aquarium. Es sind goldene Fische und schwarze Fische mit langen, wie Schleppen durch das Wasser ziehenden Schwanzflossen. Die im Wasser giftgrün aussehenden Pflanzen wiegen sich hin und her. Luftblasen steigen in die Höhe und bilden an der Oberfläche einen kleinen Wirbel. Lechner sieht, wie zwei der schwarzen Fische einander plötzlich angreifen. Lechner denkt, daß man ihn betrogen hat. Er weiß es. Er denkt, daß man seinesgleichen vom ersten Tag an um ihr Leben betrügt. Er sieht, wie der schwächere Fisch sich hinter einem kleinen Stein versteckt. Er blickt auf seine Hände. Sie sind breit und von Pigmentflecken bedeckt. Die Finger lassen sich nicht leicht bewegen. Lechner denkt, daß er immer großen Wert auf das Reinigen und Pflegen der Hände gelegt hat. Daß er seine Fingernägel gern mit der Feile bearbeitet. Daß er gern die in einer Reihe stehenden Schuhe aller Familienmitglieder gebürstet, mit Schuhcreme eingelassen und poliert hat. Lechner merkt, daß einer der goldenen Fische tot ist.

Der Kellner bringt das Bier und das Essen, Gemüse und Reis. Lechner ißt schnell und beugt den Kopf dem Teller entgegen. Ein Farbiger mit einem Strauß roter, in durchsichtige Folie gewickelter Rosen betritt den Raum. Er hält ihm den Strauß hin und lächelt ihn an. Er bittet ihn, ihm eine Rose abzukaufen. Lechner kauft zwei Rosen und legt sie in die Reisetasche.

Lechner schiebt den leeren Teller zur Seite und nimmt den Brief und das Foto aus der Jackentasche. Auf der Rückseite des Briefes steht die Adresse des Freundes. Lechner zieht den Brief aus dem Kuvert und liest. Der Brief wurde vor sechs Jahren geschrieben. Daß er immer noch als Werkzeugmacher arbeitet und gut verdient, steht in dem Brief. Daß die Freundin des Sohnes in wenigen Monaten ein Kind erwartet. Daß er mit seiner Frau gerade in Sardinien Urlaub gemacht hat.

Lechner erinnert sich daran, daß der Freund und er sich in dasselbe Mädchen verliebten und daß er mehr Glück hatte als der Freund. Daß er die Sprache des Mädchens nicht verstand und daß sie sie die Schottländerin nannten. Während er sich das Aussehen der Schottländerin ins Gedächtnis zu rufen versucht, fällt sein Blick auf eine zarte Landschaft mit Bäumen und einem kleinen Schloß unter einem Glassturz. Er fragt sich, aus welchem Material die Landschaft gemacht ist. Er glaubt, daß es ein helles, weiches Holz ist. Er bezahlt die Rechnung und nimmt seine Tasche. Beim Hinausgehen bleibt er vor der Landschaft unter dem Glassturz stehen und betrachtet sie. Er sieht einen kleinen Reiher. Er erkennt, daß das Material Kork ist. Er denkt, daß es schöne Dinge gibt.

Er fragt den ersten Passanten, der ihm entgegenkommt, ob er weiß, wo die Straße ist, in der sein Freund wohnt. Der Passant, ein älterer Mann mit einem langhaarigen weißen Hund, gibt ihm Auskunft. Er weist mit der Hand auf eine Treppe, die zur U-Bahn führt.

Sie müssen fünf Stationen fahren, sagt er. Wenn Sie aus der Station kommen, gehen Sie geradeaus und dann die erste Straße nach links. Das ist die Straße, die Sie suchen.

Lechner geht die Treppe zur U-Bahn hinunter. Vergeblich versucht er, durch das Drehkreuz zu gelangen. Ein Mann hinter einer Glasscheibe ruft ihm zu, daß er einen Fahrschein kaufen muß. Lechner kauft den Fahrschein, entwertet ihn, tritt durch die Sperre und besteigt den blauen Wagen, der gerade eingefahren ist. Zugleich mit ihm steigt eine Frau mittleren Alters ein. Sie ist schwarz gekleidet, hat Goldzähne und ein grell geblümtes Kopftuch umgebunden. Sie stellt sich an das Ende des Waggons.

Ich bin verzweifelt, ruft sie mit hoher, monotoner Stimme. Mein Mann ist vor drei Wochen gestorben. Ich habe fünf Kinder. Sie sind alle noch klein. Ich habe kein Geld. Helfen Sie mir. Geben Sie mir Geld. Helfen Sie mir.

Sie geht an den Fahrgästen vorbei und hält ihnen die hohle Hand hin. Die Hand ist schmutzig. Lechner legt eine Münze hinein. Er sieht, daß er der einzige ist, der der Frau etwas gegeben hat. An der nächsten Station verläßt die Frau den Wagen, und Lechner sieht, wie sie in den nächsten Waggon einsteigt, sich wieder an den gleichen Platz stellt und zu reden beginnt.

Lechner steigt aus und geht ins Freie. Er findet die Straße und die Hausnummer seines Freundes. Auf keinem der Namensschilder steht sein Name. Lechner drückt auf einen Klingelknopf.

Hallo, sagt eine Stimme aus der Gegensprechanlage.

Lechner fragt, ob sein Freund hier wohnt.

Den Namen kenne ich nicht, sagt die Stimme in der Gegensprechanlage.

Lechner wiederholt die Frage und bekommt keine Antwort mehr. Er drückt auf einen zweiten Knopf. Niemand antwortet ihm. Er drückt auf einen dritten Knopf.

Hallo, wer ist da, sagt eine Mädchenstimme. Lechner spricht seine Anfrage noch einmal aus. Er bekommt keine Antwort, auch als er die Frage wiederholt. Eine dicke Frau, die sich aus einem Fenster im ersten Stock lehnt, fragt ihn, wen er suche. Er nennt den Namen des Freundes.

Der hat einmal hier gewohnt, sagt die dicke Frau. Mit seiner Frau und seinem Sohn. Aber das war vor mindestens vier Jahren.

Danke, sagt Lechner, dreht sich um und geht zurück bis zur U-Bahn-Station. Auf dem Platz vor der Station setzt er sich auf eine Steinbank. Die Menschen gehen schnell an ihm vorüber. Er betrachtet die Menschen. Er sieht einige, die wie er betrogen worden sind. Er nimmt den Brief aus der Jackentasche, steht auf, bückt sich und läßt ihn langsam durch den Rost eines in den Asphalt eingelassenen Gitters gleiten. Dann setzt er sich wieder. Er schaut das Foto an. Das Foto ist ein wenig gebogen.

Der Farbton des Fotos ist gelblich, der Rand gezackt. Seine Töchter und seine Frau lächeln ihn an. Sein eigenes Bild lächelt ihn an. Die jüngste Tochter trägt eine weiße Bluse mit einem breiten Kragen. Das Haar fällt ihr bis auf die Schultern. Lechner dreht das Foto um. Auf der Rückseite sind verblaßte Striche zu sehen, eine Einteilung wie auf Ansichtskarten. Er steckt das Foto wieder in die Jacke und überquert den Platz. Es wird langsam dunkel. Auf den Dächern der hohen Gebäude flammen Leuchtreklamen auf.

Er geht in das große Kaufhaus auf der anderen Seite des Platzes. Es hat keine Fenster. Es ist hell erleuchtet. Die einzelnen Stockwerke sind um einen großen, hohen, von einem bunten Glasdach überdeckten Innenraum angeordnet. Lechner sieht die Balustraden der vier Stockwerke über sich. Er geht langsam zwischen den Verkaufsständen im Parterre umher. Gepflegte Frauen in weißen Mänteln mit langen roten Fingernägeln verkaufen Schminke und Parfums. Lechner betrachtet die verschiedenen Formen der Glasflaschen. Er kommt an einem Stand vorbei, an dem Herrenparfums verkauft werden. Er denkt, daß die jüngste Tochter ihm zu Weihnachten fast immer ein Parfum geschenkt hat. Er denkt an den großen Streit, den es jedes Jahr zu Weihnachten mit seiner Frau gab. Die Verkäuferin kehrt ihm den Rücken. Er greift nach einer tiefblauen Flasche mit der Aufschrift MUSTANG und läßt sie in eine Tasche seiner Windjacke gleiten.

Er fährt mit dem Lift in den ersten Stock. Der Liftwärter trägt eine rote Uniform. Er ist ungewöhnlich klein. Lechner schlendert durch die Abteilung für Damenmode, dann durch die Reihen von Anzügen, Sakkos und Mänteln für Herren. Er greift den Ärmel eines hellen Kamelhaarmantels an. In einiger Entfernung bedient ein Verkäufer einen Kunden. Mit seinen steifen Fingern streicht Lechner über das glatte, glänzende Material der grauen und weinroten Morgenmäntel. Auf einem Ständer hängen Krawatten. Pura Setal/Reine Seide steht auf kleinen Stoffschildern. Lechner nimmt eine blauschwarz gemusterte Krawatte und läßt sie in derselben Jackentasche verschwinden.

Über die Treppe geht er in den zweiten Stock. Auf den Regalen stehen Dosen mit Obst und feinem Gemüse, Gläser mit eingelegten Pilzen und Früchten und Flaschen mit Wein und Spirituosen. Auf großen Tischen sind Süßwaren arrangiert. Hinter erleuchteten Glasvitrinen stehen weiß gekleidete Verkäufer und schneiden große Schinken in fast durchsichtige Scheiben, die sie vor den Kunden in die Höhe halten. Lechner nähert sich einem der Regale, nimmt eine blaue Dose, auf der rosa Krebse mit langen Fühlern abgebildet sind, und steckt sie in eine andere Tasche der Jacke.

Er besteigt eine Rolltreppe und fährt ins Tiefparterre. Dort geht er zwischen den Regalen auf und ab und bleibt bei der Abteilung für Werkzeug stehen. Er sieht die blauen Werkzeugkästen aus Metall, die Schraubenzieher mit den roten und gelben Griffen, die Hämmer mit den glatten hellen Holzstielen, die nach ihrer Größe angeordneten glänzenden Schraubenschlüssel. Er sieht einen Schraubenschlüssel, den er braucht, blickt sich um und steckt ihn in die Hosentasche.

Er fährt mit der Rolltreppe in das Parterre und schaut auf die Uhr an der Wand mit den roten Leuchtziffern. Er wundert sich, daß das Warenhaus noch geöffnet hat. Er geht durch die breite Tür ins Freie und wird von zwei Männern, die links und rechts neben ihm auftauchen, am Weitergehen gehindert. Sie ergreifen ihn an den Unterarmen und führen ihn ins Warenhaus zurück. Dort gehen sie mit ihm über die Treppe ins Tiefparterre. Ein paar Kunden sehen sich nach ihnen um. Die beiden Männer führen ihn in einen kleinen Raum. Einer der Männer geht und kommt gleich darauf mit einem gut gekleideten, grauhaarigen Mann mittleren Alters zurück.

Man hat Sie mehrmals bei einem Diebstahl beobachtet, sagt der Geschäftsführer und bittet Lechner, seine Tasche zu öffnen und seine Jacke auszuziehen. Als Lechner der Anordnung nicht Folge leistet, streifen ihm die beiden Männer die Jacke ab. Man findet das Parfum, die Krawatte und die Dose. Dann tastet ihn einer der beiden Männer mit den Händen ab und findet den Schraubenschlüssel.

Der Geschäftsführer bittet Lechner um seine Papiere. Lechner reicht ihm den Reisepaß. Der Geschäftsführer blickt abwechselnd in den Reisepaß und in Lechners Gesicht.

Was machen Sie hier, fragt er.

Ich wollte einen Freund besuchen, sagt Lechner. Aber der Freund wohnt nicht mehr hier.

Der Geschäftsführer gibt Lechner den Reisepaß zurück.

Da Sie nur vorübergehend hier sind, wollen wir von einer Anzeige absehen. Natürlich müssen Sie die Waren, die Sie entwendet haben, bezahlen.

Er fährt mit Lechner zu den Kassen der verschiedenen Stockwerke, wo Lechner das Gestohlene bezahlt. Dann darf Lechner gehen.

Lechner verläßt das Warenhaus nicht. Er fährt mit dem Lift in den vierten Stock. Dort blickt er über die Balustrade in die Tiefe. Er sieht die gepflegten Frauen mit den langen roten Fingernägeln von oben. Die Frauen sind sehr klein. Er sieht den riesigen, glitzernden

Kronleuchter, der von der Glaskuppel hängt. Er sieht die Lichter eines Flugzeuges weit über sich, auf der anderen Seite des Glases. Er nimmt das Foto aus der Innentasche seiner Windjacke und sieht die vier Frauen und den Mann an. Er streckt die Hand mit dem Foto über die Balustrade. Er läßt das Foto fallen und blickt ihm nach.

Fingerspringen

Leg die Hand auf den Tisch.

Das Mädchen lächelt und sieht den Jungen über das weiße Tischtuch hinweg an.

Leg die Hand auf den Tisch, sagt er wieder, blickt auf seine Armbanduhr und biegt den Kopf zurück, so daß die Kieferknochen hervortreten.

Das Lächeln des Mädchens vertieft sich und springt auf die Augen über. Die Augen leuchten auf.

Komm schon, gib sie mir, sagt er und zieht einen in Papier verpackten Zahnstocher aus einem kleinen Glasgefäß in der Mitte des Tisches. Er beginnt die Hülle aufzureißen.

Sie senkt den Blick und richtet ihn auf ihre linke Hand, die auf ihrem Oberschenkel liegt. Dann hebt sie sie, legt sie auf den Tischrand und schiebt sie langsam nach vorne, ohne den Blick von ihr zu nehmen. Das Lächeln bleibt, in dem Gesicht mit den gesenkten Augenlidern.

Mach schon, sagt er und sticht mit dem Zahnstocher schnell auf das Tischtuch ein.

Sie spreizt die Finger der Hand. Am Mittelfinger trägt sie einen dünnen Goldring mit zwei tropfenförmigen blauen Steinen. Die Fassung für den dritten Stein ist leer.

Der Junge schiebt das Bierglas zur Seite, sieht auf die Uhr und zieht die Hand noch näher zu sich. Während er ihr ins Gesicht blickt, läßt er den Zahnstocher erst langsam, dann immer schneller von einem Fingerzwischenraum zum nächsten springen, wobei er ständig zu jenem zwischen Daumen und Zeigefinger zurückkehrt. Das

Mädchen hält die Hand ruhig. Sie läßt den hin und her schnellenden Zahnstocher nicht aus den Augen.

Der blasse Mann. Die blitzschnell bewegte Hand.

Der Junge führt die Handbewegung konzentriert aus, es dauert lange, bis er ihr mit dem Zahnstocher in die Haut zwischen Mittel- und Ringfinger sticht. Sie lacht auf, greift mit der Hand nach dem Bierglas und trinkt den letzten Schluck.

Es blutet, sagt sie dann und hält ihm die Hand hin. Siehst du.

Langsam dringt Blut zwischen den beiden Fingern hervor und wird zu einer winzigen Halbkugel. Sie führt die Hand zum Mund und leckt daran.

Gehen wir.

Der Junge blickt auf die Uhr und steht auf. Er ist Anfang Zwanzig, nicht sehr groß, von eher zartem Körperbau, und hat glattes, im Nacken ausrasiertes, über das eine Auge fallendes schwarzes Haar. Das Gesicht ist breit, fast viereckig, mit ausgeprägten Knochen. Das Mädchen sieht ihn an.

Feuersalamander. Gleich schießt die Zunge vor.

Sie treten unter den schwarzen Himmel. Ein Mann steht über eine Zeitung gebeugt, die auf dem Gehsteig liegt.

Algenblüte in Istrien, liest er laut.

Sie lachen. Das Mädchen ist etwa so alt wie der Junge, groß und rothaarig.

Wohin gehen wir, fragt sie.

Zu dir, sagt er. Ich habe keine Lust, noch länger im Café zu sitzen. Ich möchte deine Wohnung sehen. Ich möchte bei dir etwas essen.

Sie bleibt stehen.

Komm, sagt er.

Sie warten auf den Nachtbus. Neben ihnen fällt ein Mann von einer Bank und schlägt auf dem Asphalt auf.

Laß ihn, sagt der Junge, als sie auf den Mann zugehen will. Er ist nur betrunken. Da kommt der Bus.

Ich will nicht, daß du mitfährst, sagt sie.

Du kommst jetzt, sagt er, steigt ein und zieht sie in den Bus. Und du schickst mich nicht weg, wenn wir vor dem Haustor stehen.

Sie setzen sich hinter zwei Schwarze in amerikanischen Militäruniformen.

Protecting the penguins, it makes me sick, sagt der eine.

I know exactly what you mean, antwortet der andere Soldat.

Sie blickt zum Fenster hinaus. Sie wendet den Kopf.

Ich habe dir von ihm erzählt, sagt sie. Versteh doch.

Nichts verstehe ich, singt er leise und schüttelt langsam den Kopf. Nichts verstehe ich. Nichts verstehe ich.

Sie steigen aus und gehen die Straße entlang, die parallel zu den S-Bahn-Geleisen verläuft. Links ragt das Gerüst eines Gasometers in den Himmel. Das Mädchen blickt schweigend zu Boden und schreitet schnell aus.

Die Angst. Die blitzschnell bewegte Faust.

Ich will ein Glas Wein, sagt sie.

Wir trinken ihn bei dir.

Ich habe keinen zu Hause. Da vorne ist eine Weinstube.

Es ist spät.

Sie geht auf das Lokal zu, drückt die Tür auf und sieht sich auf der Schwelle nach ihm um. Er steht in einiger Entfernung, die Hände in den Hosentaschen, mit abgewandtem Blick. Sie schließt die Tür und geht hinein. Es ist dunkel im Inneren, die Möbel, die Wandtäfelung sind fast schwarz. Aus einer Ecke leuchtet ein Flipperautomat. Sie bestellt den Wein und setzt sich.

Paß auf, hat er am ersten Abend zu ihr gesagt, vor wenigen Tagen, und grinsend mit dem Zeigefinger in die Luft gestochen. Denn er hat gemerkt, wie sie ihn anstarrte, hat begriffen, als sie lächelnd und mit großen Augen sagte: Mir ist schwindlig. Sie waren in dem Café, er saß mit dem Rücken an die Wand gelehnt, die Beine auf der Sitzbank ausgestreckt. Und dann, als sie zusammenzuckte: Erschrick nicht. Das Café war leer, bis auf die Frau hinter dem Schanktisch und einen Mann in einem mit Farbflecken übersäten weißen Kittel.

Sie bestellt ein zweites Glas, trinkt schnell und merkt nicht, daß der Junge auf sie zukommt. Erst als er sich neben sie setzt und auf die Uhr blickt, nimmt sie ihn wahr.

Komm, wir gehen, sagt er.

Sie bezahlt, und gemeinsam verlassen sie das Lokal und gehen bis zu ihrem Haus, ohne zu sprechen.

Du tust mir etwas, sagt sie dann und bleibt stehen.

Ich werde dir nie etwas tun, sagt er und legt ihr den Finger auf die Nase.

Sie schließt das Tor auf, und sie treten in den Aufzug, der unter ihrem Gewicht um einige Zentimeter sinkt. Vor ihrer Wohnungstür grinst der Junge.

Das Schlimmste hast du hinter dir, sagt er. Den Lift. Wie man aus guten Filmen weiß.

Das Mädchen starrt ihn an und setzt sich auf die Stufen neben ihrer Tür, die in das nächste Stockwerk führen.

Ich will nicht, sagt sie. Ich kann nicht.

Hör auf. Komm jetzt. Ich will die Wohnung sehen. Ich habe Hunger. Irgendwann mußt du die Tür öffnen. Du schiebst es nur vor dir her.

Ohne ihn anzusehen, streckt sie ihm den Schlüsselbund entgegen.

Geh hinein. Ich bleibe hier.

Er sperrt die Tür auf, öffnet sie weit und geht in das Dunkel hinein. Sie hört ihn in der Wohnung umhergehen, sieht seine Umrisse vor dem Fenster. Sie bewegt sich nicht. Nach einer Weile steht sie langsam auf, folgt ihm und macht die Wohnungstür zu. Sie macht im Vorzimmer Licht.

Setz dich, sagt sie. Ich mach dir etwas zu essen.

Er steht in der Mitte des Zimmers.

Ich gebe dir noch eine Minute, sagt er lächelnd und streckt sich.

Sie geht in die Küche, legt Schinken und Käse auf einen Teller, schneidet ein paar Scheiben Brot ab und stellt alles, zusammen mit einem Glas, einer Flasche Mineralwasser, Butter und Besteck, vor ihn hin.

Du hast Angst, sagt er und streicht sich das Haar aus dem Gesicht. Sie sieht die breite hohe Stirn, den spitzen Haaransatz in der Mitte.

Nein.

Lüg nicht.

Er deutet mit der Gabel auf sie.

Nicht viel.

Iß etwas.

Ich habe keinen Hunger.

Iß. Ich kann nicht essen, wenn einer zusieht. Iß jetzt.

Sie nimmt eine Scheibe Schinken zwischen Daumen und Zeigefinger und schiebt sie in den Mund. Er ißt langsam und sieht dabei mehrmals auf die Uhr. Das Zimmer liegt im Dunkeln, nur im Vorzimmer und in der Küche brennt Licht.

Wir gehen ins andere Zimmer, sagt er.

Sie folgt ihm in die Finsternis und legt sich neben ihn

auf das Bett. Lang ausgestreckt liegen sie auf dem Rükken. Dann stützt er sich auf den Ellbogen und beginnt, mit der anderen Hand ihr Gesicht zu streicheln. Sie schiebt das Gesicht in seine Handfläche.

Rühr dich nicht, sagt er.

Sie schließt die Augen. Lange bewegt sich die Hand auf ihrem Gesicht. Dann gleitet sie weiter. Sie seufzt und greift mit den Händen nach seinem Körper.

Nein. Rühr dich nicht.

Er richtet sich auf, steigt auf das Bett und stellt sich über sie. Dann hebt er ein Bein und setzt den Fuß blitzschnell und leicht auf ihren Bauch, so daß sie zusammenzuckt. Eine Zeitlang verharrt er in dieser Bewegung, dann springt er vom Bett, schaltet das Licht ein und beginnt um das Bett herumzulaufen.

Da siehst du, was für ein Mann ich bin, ruft er und zieht die Mundwinkel nach unten. Was für ein Mann. So ein Mann. Ein großartiger Mann. Wirklich großartig.

Was hast du, fragt sie. Setz dich. Es ist gut.

Er läuft noch eine Weile auf und ab, dann setzt er sich auf das Bett. Sie schlingt die Arme von hinten um seine Schultern, er läßt es zu und sinkt gegen ihren Körper.

Butterweich, flüstert er. Das ist der Augenblick. Stoß mir das Messer in den Rücken. Jetzt ist es Zeit. Warum tust du es nicht.

Es ist gut, sagt sie und hält ihn. Leg dich hin. Schlaf hier. Es ist nicht geschehen, denkt sie müde und küßt ihn leicht auf den Nacken.

Nein, ruft er. Ich muß gehen. Ich muß sofort gehen.

Sie erinnert sich. Über die Dorfstraße kroch der Feuersalamander. Sie beugte sich über ihn und sah, daß er verletzt war. Die eine Seite war vom Kopf bis zur Körpermitte aufgerissen und blutig. Aber wer wird ihn töten, dachte sie. Dann hob sie das rechte Bein und trat mit dem Turnschuh auf ihn. Sie spürte, wie sich das große Tier unter dem Fuß wand, und trat wieder darauf, mehrmals, fester. Ihr Fuß fühlte, wie das Leben aus dem Salamander wich. Dabei blickte sie auf ein Wagenrad, das an der dunklen Holzwand des Hauses am Straßenrand hing. Sie hörte erst auf, als nichts mehr sich rührte. Ohne hinzusehen, lief sie die grasbewachsene Böschung neben der Straße hinauf. Dort betrachtete sie die Sohle des Turnschuhs. Seine Rillen waren von einer grauroten Masse ausgefüllt. Sie verbrachte lange Zeit damit, diese Sohle an den Grasbüscheln abzuwischen.

Soll ich gehen, fragt er.

Sie steht auf, geht ins Badezimmer, schlüpft in ihren roten Bademantel und lächelt sich im Spiegel zu.

Wie schön ich bin. Wie jung ich bin. Rote Wangen. Glänzende Augen. Er ist schwächer. Ich hätte es wissen sollen.

Ja, geh doch, sagt sie. Ich will schlafen. Ich begleite dich hinunter zum Tor.

Der Mann im Kamin

Hinter dem Haus ist die Sonne aufgegangen. Sie scheint durch die kleinen, vergitterten Fenster in den großen Raum, in dem die zwei Frauen in einem breiten Bett schlafen. Der Raum ist groß wie ein Saal. Nichts liegt auf dem dunklen, unebenen Bretterboden. Der Grundriß des Raumes ist ein Rechteck. Das Bett befindet sich an einer Schmalseite des Raumes. Ein paar Meter davon entfernt steht ein kleiner Eisenofen in der Form eines hohen Zylinders. Das Ofenrohr verläuft über die ganze Längsseite des Raumes. Auf der anderen Schmalseite steht eine Holzbank an der Wand, davor ein quadratischer Holztisch. Zwei Holztüren sind in die Wände eingelassen. Sie verschließen Wandschränke, in denen alte Bücher aufbewahrt werden. Parallel zum Bett steht in einigen Metern Entfernung ein zweiter, langer und schmaler Holztisch. Auf diesem Tisch liegt Johanniskraut, um zu trocknen. Zwischen den kleinen Fenstern hängen einige Hinterglasbilder mit verschwommenen Frauenbildnissen. Die Augen der Frauen sind sehr groß, ihre Hände und Unterarme schwarz bemalt. Es sieht aus, als hätten die Frauen schwarze, bis zu den Ellbogen reichende Handschuhe an.

Warum malst du die Hände schwarz, hat Magda gefragt.

Ich kann keine Hände malen, hat Eva gesagt und an Magda vorbeigeschaut.

Magda glaubt das nicht.

Magda dreht sich im Bett um und taucht das Gesicht in ein einfallendes Lichtrechteck. Durch die Wärme auf ihren Wangen und ihrer Stirn wacht sie auf, öffnet die

Augen aber nicht, sondern betrachtet das Rot hinter den Lidern. Auf ihren Füßen liegt warm und schwer die Katze. Magda bewegt die Füße, und die Katze erhebt sich, reißt das Maul auf, stemmt die Pfoten gegen die Bettdecke und geht über ihren Körper. Sie leckt an ihrem Unterkiefer, krümmt den Rücken und springt vom Bett. Magda macht die Augen auf.

Heute kommt er. Heute ist das Fest.

Langsam wendet Magda das Gesicht nach rechts. Sie sieht einen Teil von Evas blondem Hinterkopf.

Magda setzt sich auf und stellt die Füße parallel zueinander auf den Bretterboden. So sitzt sie ein paar Minuten. Dann geht sie barfuß, im weißen Leinenhemd, in die Küche und blickt im Gehen in die an die Wand gelehnte hohe Spiegelscheibe im Vorhaus. Sie kocht Kaffee, nimmt eine dicke Keramikschale vom Holzregal an der Wand, gießt sich Kaffee und Milch ein und geht mit der vollen Schale auf den Balkon.

Zwischen den Blättern der hohen Platane vor dem Haus steht der blaue Himmel. In der Nacht hat es geregnet, es tropft von den Ästen. An drei Seiten ist das Haus von steil ansteigenden Weinbergen umgeben. Die Grenze zum Nachbarstaat ist fünfzig Meter weit.

Sie trinkt den Kaffee aus, nimmt zwei große, in der Küche stehende Gießkannen und geht über die Stiege hinunter. Die Wiese vor dem Haus ist naß vom Regen. An der Wasserstelle setzt sie die Kannen ab, öffnet die kleine Holztür, nimmt den Schöpfeimer mit dem langen Stiel in die Hand und taucht ihn so lange in das dunkle, ummauerte Wasser, bis die Kannen voll sind. Sie schließt das Türchen, hebt die Kannen hoch und geht zum Haus zurück. Unterwegs stellt sie sie ab und sammelt kleine Äste und Zweige ein, die der Wind in der Nacht vom Baum gerissen hat. Sie schichtet einen kleinen Haufen an der Hauswand auf, tritt zurück und blickt auf die Vorderfront des Hauses. Es ist ein großes, dreihundert Jahre altes Haus, das früher einmal zu einem heute jenseits der Grenze gelegenen Stift gehört hat. Ein schwerer Steinbogen umrahmt die grün gestrichene Eingangstür, an deren Seiten blühende Oleanderbüsche in Töpfen stehen. Die Katze zwängt sich durch die fast geschlossene Tür und streicht um die Beine der Frau. Der Nachbar, der mit den Rebstöcken beschäftigt ist, ruft nach seinem Sohn. Magda spricht mit der Katze, ergreift die Kannen, stößt die Tür mit der Schulter weit auf und geht durch das Vorhaus. Die Katze folgt ihr und läuft die Stiege hinauf. Auf dem Treppenabsatz stellt Magda die Kannen wieder ab. In das geweißte Deckengewölbe sind zwei starke Mauerhaken eingelassen, durch die früher eine Stange zum Wäschetrocknen geschoben war. Langsam geht sie mit den Kannen ins Obergeschoß und stellt sie neben den gemauerten Herd. Dann gießt sie Milch in eine Schale und stellt sie der Katze hin. Sie geht in das Vorhaus, hebt den leichten Waschtisch aus Blech vom Boden auf, trägt ihn auf den Balkon und stellt ihn in die Sonne. Dann holt sie eine Kanne und gießt Wasser in die Waschschüssel. Sie steigt aus dem Leinenhemd, wäscht sich ohne Seife und putzt sich die Zähne. Sie hört ein Geräusch und blickt zur Seite. In einem langen hellblauen Nachthemd lehnt Eva im Rahmen der Balkontür. Sie gähnt und streckt dabei die Hände vor sich aus.

Heute kommt er, sagt sie. Dein Freund aus der Stadt.

Die beiden Frauen gehen in den nahen Wald, um Pilze für das Mittagessen zu holen. Auf dem Weg dorthin kommen sie an einem gemauerten Bildstock vorüber, der dem heiligen Isidor geweiht ist. Das Bildnis des heiligen Isidor hebt sich vom hellgrünen Hintergrund ab. Ein vertrockneter Blumenstrauß steckt in einem Bierglas auf einem Sims unter dem Heiligen.

Vor einem Bauernhaus steht eine alte Frau gebückt in einem Garten. Als Eva sie grüßt, richtet sie sich auf und tritt an den Zaun, der das Grundstück vom Weg trennt.

Wissen Sie es schon, sagt sie. Der Sohn des Nachbarn hat sich mit der Maschine vier Finger abgetrennt. An der rechten Hand. Sie haben ihn in die Stadt gebracht. Dort hat man die Finger wieder angenäht.

Magda blickt auf ihre Hände.

Aber er wird nie mehr arbeiten können wie bisher, sagt die Bäuerin und wendet sich den Pflanzen zu.

Die beiden Frauen gehen weiter.

Weißt du, wie sie uns im Dorf nennen, sagt Eva und lacht. Die zwei Verrückten. Aber sie tun uns nichts.

Sie springen über einen schmalen Bach am Waldrand. Auf großen, lappenartigen Blättern im Schatten neben dem Wasser kriechen schwarze Käfer. Scharfkantige Gräserklingen schneiden in die Haut der Waden. Die Füße in den Turnschuhen sinken ein wenig im sumpfigen Erdreich ein.

Wir haben keine Männer. Wir haben keine Kinder. Wir leben den ganzen Sommer allein in dem großen Haus. Was sollen sie denken, sagt Magda.

Sie gehen über den mit einer Schicht aus trockenen Fichtennadeln bedeckten Waldboden. Die Schritte hallen dumpf, als tue sich unter dem Boden eine große Höhlung auf. Als schritten sie über eine Leere hinweg.

Die zwei Hexen, sagt Eva und lacht wieder. Sie zieht Magda an der Hand ein Stück mit sich.

Eine Einbeere, sagt sie und deutet auf eine schwarzblaue, von vier Blättern umgebene Kugel auf einem hohen Stengel. Sie ist giftig.

Suchend bewegen sich die Frauen über den Waldboden. Sie verlieren einander für kurze Zeit, dann finden sie sich wieder. Neben einem verfaulten Baumstumpf sieht Magda etwas Gelbes leuchten. Es ist ein großer Eierschwamm. Daneben stehen, halb unter den Nadeln verborgen, viele kleinere. Magda schneidet den großen Schwamm mit dem mitgebrachten Messer knapp über dem Boden ab und riecht an ihm. Sie schrickt nicht zusammen, als Eva sie an der Schulter berührt. Sie hat sie nicht kommen hören.

Eva hält ihr einen Pilz in bläulichroten Farbtönen hin.

Die Täublinge sind auch eßbar, sagt sie. Sie legt den Täubling in ihren geflochtenen Korb.

Gehen wir den Abhang hinunter, sagt sie. Dort wachsen Herrenpilze.

Die Frauen bewegen sich vorsichtig über den Abhang. Magda rutscht auf den glatten Nadeln aus und fällt hin. Eva hilft ihr beim Aufstehen und streicht ihr das dunkle Haar aus dem Gesicht. Sie gehen weiter. Als Magda einen Herrenpilz aus dem Erdreich lösen will, merkt sie, daß sie bei dem Sturz ihr Messer verloren hat. Sie geht zurück und sucht das Messer. Sie geht nie ohne Messer in den Wald. Sie sucht es lange. Sie findet es nicht. Kleine weiße Falter taumeln im Halbdunkel, als hätten sie sich verirrt. Durch das Blattwerk fällt Sonnenlicht ein, mächtige Lichtschäfte, in deren Räumen Insekten sichtbar werden. Das Licht läßt die Wassertropfen auf den Moospolstern aufblitzen.

Von Zeit zu Zeit rufen die Frauen einander bei ihren Namen. Sie vergewissern sich.

Ein Spinnennetz versperrt Magda den Weg. Sie hebt die rechte Hand, krümmt die Finger leicht und zerreißt es mit einer sicheren Bewegung der Hand von oben nach unten. Die große Spinne läuft auf ihrem Handrükken. Magda schüttelt sie ab.

Die beiden Frauen bereiten das Essen zu. Magda setzt sich an den Tisch und befreit die Pilze mit einem kleinen Messer von Erde und Fäulnis. Dann schneidet sie sie in kleine Stücke. Sie freut sich am Anblick der hellen Schnittstellen.

Eva steht am Herd und läßt in einer großen schwarzen Eisenpfanne Butter zergehen. Sie sieht zu, wie eine kleingeschnittene Zwiebel in der zerlassenen Butter bräunlich wird. Ihre Augen füllen sich mit Tränen. Magda tritt mit den Pilzen zu ihr. Sie läßt sie in die Pfanne gleiten. Eva küßt Magda auf die Wange. Sie stehen vor dem Herd und sehen zu, wie sich das Volumen der Pilze durch das Verdunsten des Wassers rasch verringert. Die Katze betritt die Küche.

Mit dem kleinen Messer geht Magda über die Stiege hinunter, zur Tür hinaus und an der Platane vorbei in den kleinen Garten. Halb in den Erdboden eingesunkene, schief stehende Pfähle grenzen den Garten ein, in dem Kräuter, Salat, Tomaten und Ringelblumen wachsen. Große Vergißmeinnichtbüsche überwuchern die Beete an den Rändern. Magda schneidet Kräuter ab. Die Katze, die ihr gefolgt ist, spielt mit einem leeren Schneckenhaus. Magda geht zurück, hackt die Kräuter und fügt sie den Pilzen hinzu.

Eva hat ein weißes Tuch über den kleinen Tisch auf dem Balkon gebreitet und Teller, Besteck und Gläser hingestellt. Die beiden Frauen setzen sich an den Tisch und essen. Magda sitzt auf einer kleinen Holzbank. Über ihr an der Wand hängt ein Hirschkopf. Es ist kein echter Hirschkopf, es ist eine Hirschkopfimitation mit einem großen Geweih. Der Hirschkopf lächelt. Zwischen den Geweihen ist ein Vogelnest. Die jungen Vögel sind ausgeflogen.

Vom Essen sind die Frauen müde. Sie gehen in den Saal und legen sich auf das breite Bett. Sie liegen einander in den Armen. Sie schlafen ein.

Später machen sie sich auf den Weg. Ein Stück weit führt der Weg durch einen Wald. Eva deutet auf hohe, am Wegrand wachsende Pflanzen mit lila Blüten.

Das ist Knabenkraut, sagt sie.

Auf halbem Wege kommt ihnen ein junger Mann entgegen. Der Mann trägt einen beigen Anzug und sagt buon giorno. Die beiden Frauen gehen weiter in dem Gefühl, etwas Gefährliches hinter sich gebracht zu haben. Einander an den Händen haltend, durchqueren sie die Schatten des Waldes. Auf einer Anhöhe verlassen sie ihn. Sie schließen die Augen zu Schlitzen, um nicht von der Sonne geblendet zu werden. Auf dem höchsten Punkt der Anhöhe sehen sie im Gegenlicht ein Wegkreuz. Über dem am Kreuz hängenden Christus wölbt sich ein blau gestrichenes Schutzdach aus Blech. Unter seinen übereinandergenagelten Füßen neigt eine Marienstatue den Kopf zur Seite. Sie ist um ein Vielfaches kleiner als die Christusfigur und blickt zu einem gleichen, entsprechend kleineren Dach über ihrem Kopf auf.

Von der Anhöhe aus sieht man nicht weit entfernt, ein wenig weiter unten im Tal, eine Ortschaft. Die Frauen nehmen den Weg dorthin. Sie kommen an einem Haus vorbei, vor dem ein großer leerer Taubenschlag steht. Ein Hund an einer Kette läuft bellend auf sie zu, bis die Kette sich straff spannt.

Das ist das Haus des Bildhauers, sagt Eva. Der Hund ist immer angekettet. Er ist nicht bösartig.

Langsam geht sie auf den bellenden Hund zu. Sie flüstert beruhigende Worte. Der Hund hört auf zu bellen und steht mit angespannten Muskeln am Ende der Kette. Eva streckt die Hand aus. Der Hund rührt sich nicht. Sie streichelt den Kopf des Hundes. Der Hund läßt es sich gefallen.

Die Frauen gehen weiter und gelangen zu den ersten Häusern des Ortes. Es sind alte Häuser in Gelbtönen. Aus einer schmalen Straße kommt eine Prozession auf sie zu. Kleine Mädchen in weißen Kleidern bemühen sich, mit ihren schwarzen Lackschuhen nicht in die Regenpfützen vom Vortag zu treten. Ihre Gesichter sind ernst, auf ihren Köpfen sitzen künstliche Kränze. Sie tragen kleine geflochtene Körbe voller Blüten. Mit ihren durchsichtigen weißen Handschuhen greifen sie in die Körbe und streuen die roten und weißen Pfingstrosenblüten auf die Straße. Ein Teil der Blüten schwimmt in den Pfützen. Aus den Fenstern beobachten Menschen die Prozession. Sie haben Vasen mit Pfingstrosen auf die Fenstersimse gestellt. Die Köpfe der Pfingstrosen sind schwer und biegen die Stengel weit nach unten. In den Fenstern stehen auch Leuchter aus Messing mit brennenden Kerzen auf bestickten, in einem Halbrund über das Mauerwerk hängenden Deckchen. Zwei Mädchen drehen sich nach Eva und Magda um und kichern.

Als ich ein Kind war, bin ich auch mitgegangen, sagt Eva. Es ging nur um das weiße Kleid. Am Abend vorher legte ich es zusammen mit den Handschuhen, den Strümpfen und dem Kranz auf mein Bett und stellte die Schuhe darunter. Ich schützte Frömmigkeit vor, aber es ging nur um das weiße Kleid.

Die Pfingstrosenblüten, sagt Magda. Als Kinder rissen wir den Geranien in den Blumentöpfen die Blütenblätter aus und klebten sie mit Speichel verkehrt auf unsere Fingernägel. Wir bewegten uns vorsichtig, damit sie nicht herunterfielen, spitzten die Lippen und rollten die Augen wie die Damen aus der Stadt.

Die Frauen nicken den zwei Mädchen zu und gehen weiter bis zum kleinen Bahnhof, der zur Hälfte von einem orangen Baunetz verdeckt ist. Das Signal leuchtet grün auf. Der Fahrdienstleiter mit der roten Mütze tritt schwankend aus der Tür.

Er ist immer betrunken, sagt Eva. Man hat ihn aus der Stadt hierher versetzt. Er lebt mit einer Ausländerin zusammen, die viel älter ist als er. Er trinkt Schnaps.

Der kurze Zug aus der Stadt fährt ein. Die Frauen strecken sich und recken die Hälse.

Da ist er, sagt Magda.

Aus dem letzten der blauweißen Waggons ist ein Mann gestiegen. Er ist schwarz gekleidet und trägt einen weinroten, breitkrempigen Filzhut.

Magda zieht Eva an der Hand mit sich und geht auf den Mann zu. Der Mann umarmt sie. Eva läßt Magdas Hand nicht los. Der Mann küßt Magda auf den Mund.

Das ist Eva, sagt Magda. Eva, das ist Leonhard.

Ich habe Hunger, sagt Leonhard.

Zuerst zeigen wir dir das Mausoleum und das Schloß, sagt Magda. Wir essen später.

Sie gehen den Bach entlang bis zur Kirche und klopfen an die Tür des Pfarrhauses. Der Mesner öffnet und gibt ihnen den großen Schlüssel zum Mausoleum. Magda nimmt den Schlüssel in die Hand.

Sie gehen den Hügel zum Mausoleum hinauf. Eva geht hinter Magda und Leonhard her. Sie sieht, wie Leonhard den Arm um Magda legt und sie küßt. Sie hört, wie Magda lacht. Vor dem Mausoleum warten Besucher, die keinen Schlüssel haben. Sie betreten einen kalten, dunklen Raum. Auf dem staubigen Boden stehen

Ziegelstapel und einige Steinsärge. Eva stolpert über ein Kabel und fällt fast. Die Stimmen der Besucher hallen im Raum.

Gehen wir, sagt Magda und bittet die Besucher, ihnen ins Freie zu folgen. Sie versperrt die Tür.

Auf der Kuppe des Hügels steht das Schloß. Sie betreten den Schloßhof. Leonhard neigt sich über den Ziehbrunnen, der in der Mitte des Schloßhofes steht. Er ist mit Brettern verschlossen. An einer Wand des Innenhofes ist Brennholz zu einem hohen, breiten Stapel aufgeschichtet. Eva stellt sich auf Zehenspitzen vor eine Eisentür mit einer kleinen Öffnung. Auf der Tür sind Motive ineinander verschlungener Hände zu sehen.

Kommt, ruft sie. Man sieht in einen Garten.

Die beiden anderen treten zu ihr. Alle drei blicken durch die kleine Öffnung in einen verwilderten Garten. Magda steht in der Mitte und legt die Arme um Evas Schultern und um Leonhards Taille.

Habt ihr etwas zu essen für mich, fragt Leonhard, nachdem sie im Haus angekommen sind.

Gleich, sagen die Frauen. Wir zeigen dir nur noch das Haus.

Sie gehen mit ihm durch das Haus und zeigen ihm die Zimmer. Über eine schmale Holzstiege gehen sie in den Dachboden und öffnen die kleine Tür. Wärme und der Geruch nach Holz schlagen ihnen entgegen. Leonhard blickt durch die Öffnung in einen großen finsteren Raum.

Hier lebt der Siebenschläfer, sagt Eva. Man hört ihn in der Nacht. Er läuft auf und ab.

Du mußt den Keller sehen, sagt Magda. Sie führen ihn um das Haus herum zu einer alten, mit großen Nägeln beschlagenen Tür. Die Katze läuft ihnen nach. Die

Tür ist nicht leicht zu öffnen. Sie gehen die schmale Kellertreppe hinunter. Die Katze geht zwei Stufen mit ihnen, dann zieht sie die rechte Vorderpfote, die bereits zur nächsten Abwärtsbewegung angesetzt hat und über der dritten Stufe in der Luft schwebt, zurück und bleibt stehen. Es riecht nach feuchtem Moder. Leonhard blickt zur Decke auf. Er steht unter einem hohen Gewölbe auf einem kalten, festgestampften Lehmboden. Er wartet, bis seine Augen sich an die Dunkelheit gewöhnt haben. Der große Keller ist leer, bis auf den Schatten eines Holzregals, auf dem Weinflaschen liegen. Er vermeint auch ein paar ineinandergestapelte geflochtene Körbe zu sehen.

Die Frauen machen sich in der Dunkelheit an ihn heran und kichern. Eine berührt ihn von vorne, eine von hinten. Leonhard tritt zur Seite.

Vor ungefähr hundert Jahren wohnten in diesem Haus zwei Frauen und ein Mann, sagt Eva. Beide Frauen liebten diesen Mann. Deshalb beschlossen sie, ihn zu töten. Sie erstachen ihn und hängten ihn im Kamin auf. Vor vierzig Jahren wurde die geräucherte Leiche gefunden.

Du brauchst nicht zu erschrecken, sagt Magda zu Leonhard und lacht. Die Frauen drängen ihn an die Kellerwand. Leonhard steht mit dem Rücken zur Wand und drückt die Innenfläche der Hände an die rauhe Mauer. Wieder kichern die Frauen und drücken sich an ihn. Dann laufen sie die Treppe hinauf.

Es war nur Spaß, sagt Eva lachend. Es war nur Spaß.

Leonhard bleibt an die kalte Wand gelehnt stehen. Er hat großen Hunger. Er rührt sich nicht. Dann löst er sich von der Wand und geht langsam über die Treppe ins Freie.

Die Frauen setzen Leonhard das Pilzgericht vor. Leonhard hat unter dem Hirschkopf Platz genommen. Eva sitzt zu seiner Linken, Magda zu seiner Rechten. Sie beobachten ihn beim Essen. Leonhard hat kaum Platz, um den Unterarm zu heben, damit er den Löffel zum Munde führen kann.

Schmeckt es dir, fragen sie ihn. Schmeckt es dir auch.

Die Sonne ist heiß. Eva und Magda haben zwei Liegen über die Stiege hinuntergetragen und auf der Wiese hinter dem Haus aufgeklappt. Sie haben sich ausgekleidet und sonnen sich. Magda liegt auf dem Rücken. Sie hat ein Knie angewinkelt. Ihre Augen sind geschlossen und vom rechten Handrücken bedeckt. Die dunklen Haare hängen über den hinteren Rand der Liege und berühren das hohe Gras. Ihre Haut ist gebräunt. Eva liegt auf dem Bauch. Das Gesicht ist zur Seite gewandt. Die Hände baumeln zu beiden Seiten der Liege hinunter und spielen mit den Gräsern. Ihre Haut ist sehr hell.

Leonhard kommt um die Ecke. Er hat sich den Garten, den Schuppen, den Obstgarten, den Weinberg angesehen. Bevor er sich zurückziehen kann, öffnet Magda die Augen.

Du kannst dich auf die Decke legen, sagt sie. Es ist angenehm in der Sonne.

Leonhard zögert. Er sieht, wie Eva sich langsam auf den Rücken dreht. Er sieht ihre helle Haut und die blonden Haare. Er zieht sich aus und legt sich auf die weiche Decke, die die Frauen im Gras ausgebreitet haben. Er ist wenig behaart und sehr weiß. Er breitet die Arme aus und seufzt. Ein leichter Luftzug fährt über seine Haut und durch die hohen Bäume und Sträucher, die die Wiese eingrenzen. Leonhard blickt in den Himmel. Über ihm kreist ein großer Vogel.

Du mußt dich vor der Sonne schützen, sagt Eva zu Magda. Sie nimmt eine blaue Plastikflasche, die im Gras liegt. Ich werde dir die Sonnenmilch auftragen, sagt sie und erhebt sich von der Liege. Leonhard richtet den Blick auf sie. Sie setzt sich neben Magda und trägt mit langsamen, kreisförmigen Bewegungen der Hand die Sonnenmilch auf. Zwischen den Frauen und Leonhard sitzt die Katze.

Leonhard hat eine empfindliche Haut, sagt Magda. Nicht wahr, Leonhard. Du mußt ihm die Milch auch auftragen. Er muß auch geschützt werden.

Dreh dich um, sagt Eva zu Magda. Dreh dich um.

Magda dreht sich auf den Bauch. Eva verteilt die Milch auf Magdas Rücken. Sie läßt sich Zeit.

Leonhard wird sich die Haut verbrennen, sagt Magda.

Eva steht auf, kniet sich vor Leonhard hin, der immer noch mit ausgebreiteten Armen auf der Decke liegt, dreht die blaue Plastikflasche um und läßt weiße Milch auf seinen Bauch tropfen. Leonhard greift in die Flüssigkeit und zieht mit der Hand Kreise um seinen Nabel.

Danke, sagt er. Danke. Ich mache es selbst.

Eva legt sich wieder auf den Rücken. Es ist still. Aus der Richtung der Weinberge hört man eine Männerstimme rufen. Ein Windrad zum Vertreiben der Vögel beginnt langsam, dann schneller zu klappern. Die Katze macht eine rasche Bewegung. Sie hat eine Grille gefangen und zerbeißt sie mit einem knackenden Geräusch.

Die drei machen sich für das Fest zurecht. Eva steht im geräumigen Vorhaus vor der an die Wand gelehnten Spiegelscheibe. Das Glas ist halb blind. Sie trägt ein langes blaues Kleid. Der Reißverschluß auf ihrem Rücken klafft und gibt den Blick frei auf ihre nackte Haut. Hinter ihr steht Magda und versucht den Reißverschluß zu-

zuziehen. Der blaue Stoff ist in den kleinen Häkchen eingeklemmt. Magda ruft Leonhard zu Hilfe.

In Hemdsärmeln kommt Leonhard aus dem Gästezimmer. Zu zweit machen sie sich am Reißverschluß zu schaffen. Ihre Finger berühren einander und Evas Rükken. Es gelingt ihnen, den Stoff zu befreien. Mit einem Ruck zieht Leonhard den Reißverschluß zu. Das blaue Kleid liegt eng an Evas Körper an. Eva bedankt sich nicht. Sie fährt sich mit einem Kamm durch die Haare, dann malt sie die Lippen mit einem Stift blutrot aus.

Leonhard folgt Magda in den Saal. Magda zieht eine schwarze Hose und einen schwarzen Pullover an. Leonhard steht an einem der Fenster und sieht ihr zu.

Gefällt dir Eva, fragt Magda. Sie ist schön.

Du gefällst mir, sagt Leonhard, tritt zu ihr und umarmt sie. Du bist schön.

Magda taucht unter seinen Armen hindurch und geht zu dem langen Holztisch.

Hilf mir, sagt sie. Ich zeige dir etwas.

Sie heben die Tischplatte mit dem trocknenden Johanniskraut hoch und legen sie auf das breite Bett. Unter der Tischplatte verbirgt sich ein Kegelspiel. Magda greift nach einer fast runden Kugel aus Holz und legt sie in eine Rinne im Tischinneren. Dann nimmt sie einen langen Stab und setzt ihn an der Kugel an. Sie stößt die Kugel in Richtung der neun Holzkegel, von denen einer etwas kleiner ist als die anderen acht. Vier Kegel fallen um, darunter der kleine. Sie reicht Leonhard den Stab und sagt:

Versuch du es auch.

Die drei gehen in dunkler Kleidung die Landstraße entlang, die sich auf dem Rücken des Hügels dahinzieht. Die Sonne steht tief, das Tal liegt im Schatten. Links und rechts von ihnen liegen Weinberge. Leonhard sieht, wie ein Bauer mit einem kleinen Gefährt zwischen den in geraden Reihen gepflanzten Weinstöcken auf und ab fährt. Er sieht, wie aus dem großen grünen Behälter auf dem Gefährt eine weiße Flüssigkeit auf die Reben gesprüht wird. Eva bemerkt seinen Blick.

Es ist das Gift, sagt sie. Sie spritzen die Weinstöcke mehrmals. Es geht nicht ohne das Gift.

Vom Hügel aus sehen sie das Haus und die große Platane. Die Platane ist der höchste Baum weit und breit. Eva bleibt stehen.

Als die frühere Besitzerin des Hauses gestorben ist, ist der Baum erkrankt, sagt sie. Kurz vor ihrem Tod hat die Besitzerin gesagt: Wenn ich sterbe, stirbt auch der Baum. Aber der Baum ist nicht gestorben. Er hat zwei Jahre keine Blätter ausgetrieben. Letztes Jahr waren die Blätter klein. Heuer ist das Laub so dicht, wie es früher immer gewesen ist.

Die drei Gehenden kommen an einer kleinen, weiß gekalkten Kapelle vorüber. Das Tor ist offen, sie treten ein. Die rechte Seitenwand der Kapelle ist mit Malereien bedeckt. Magda betrachtet sie aufmerksam. Es ist ein aus vielen Bildern bestehender Zyklus. Die Wandmalereien sind gut erhalten. Auf einem der kindlich wirkenden Bilder wächst Eva aus Adams Rippe. Auf einem anderen erkennt Magda den Ritter Georg und zu dessen Füßen den toten Drachen.

Eva steht vor einem Marienbild in einer kleinen Nische. Sie hat eine lange weiße Kerze angezündet und die Hände gefaltet. Sie scheint zu beten. Sie kniet sich auf den Holzschemel vor das Marienbild und legt das Gesicht auf die Hände.

Leonhard steht mit hängenden Armen im Mittelpunkt der Kapelle. Er blickt sich um. Er weiß nicht, was er tun soll. Er langweilt sich. Er betrachtet die versunkenen Frauen.

Auf halbem Wege werden die drei von einem Traktor überholt, der von einer jungen Frau gelenkt wird. Neben der Frau sitzt auf dem Beifahrersitz ein großer Hund. Die Frau hält am Straßenrand und fragt Eva, ob sie auf dem Anhänger mitfahren wollen. Die drei klettern auf den Anhänger, der mit Getreidekörnern beladen ist. In den Körnern sitzt bereits jemand. Es ist ein älterer, hagerer Mann mit einer dunklen Sonnenbrille. Er spricht nicht. Die drei setzen sich in das Getreide. Es ist ein angenehmes Gefühl. Körner dringen zwischen das Leder ihrer Schuhe und die Haut ihrer Füße. Sie fassen mit den Händen ins Getreide und lassen die Körner zwischen den Fingern hindurchgleiten. Sie fahren der untergehenden Sonne entgegen. Der Himmel ist theatralisch verfärbt. Die Lenkerin des Traktors unterhält sich mit Eva, ohne sich umzusehen. Der Hund läßt die Zunge aus dem Maul hängen und keucht. Leonhard nimmt Magdas Hand. Eva läßt ein paar Körner in den Rückenausschnitt von Magdas Kleid fallen.

Nach einer Weile biegt die junge Lenkerin in einen Weg ein, hält vor der Scheune eines Anwesens und klettert über das große Rad auf den Erdboden. Der Hund springt vom Sitz und läuft durch die offene Tür des Bauernhauses. Dabei wirft er ein kleines Kind um. Das Kind beginnt zu weinen. Es ist das Kind der Lenkerin, die es sofort in die Arme nimmt und tröstet. Der hagere Mann mit der dunklen Brille steigt vom Anhänger und entfernt sich, ohne ein Wort gesagt zu haben. Eva bedankt sich bei der Lenkerin.

Sie kommen doch zum Feuerwehrfest, ruft diese ihnen

nach. Wir Dorffrauen haben schon mit dem Braten und Backen angefangen.

Die drei gehen ein kurzes Stück auf dem Weg weiter, dann betreten sie einen Weinberg und wandern zwischen den Weinstöcken ins Tal. Scharf zeichnen sich die sanft gewellten Konturen der Hügel am Horizont ab. Ab und zu werden die Linien unterbrochen durch den senkrecht aufragenden schwarzen Pfahl einer Zypresse. Weiter unten sehen sie in der Dämmerung ein Haus, aus dessen Kamin Rauch aufsteigt. Sie bewegen sich auf das Haus zu. Als sie es erreichen, liegt es bereits im Dunkel. Auf der großen Wiese vor dem Haus stehen und sitzen viele Leute. Das Fest ist schon seit längerem im Gange. Es sind Leute aus der Stadt, die zum Geburtstag eines Freundes eingeladen sind. Die Weinbauern schenken ihren Wein aus und verkaufen die auf ihrem Hof hergestellten Nahrungsmittel, das Fleisch, die Wurst, das Brot, die Butter.

Magda und Eva kennen viele der Festgäste, Leonhard kennt niemanden. Sie trennen sich und mischen sich unter die Anwesenden. Eva geht ins Haus, um die alten Bauersleute zu begrüßen. Der Bauer ist klein und zierlich, die Bäuerin groß und schwer. Während der Bauer sich mit Eva unterhält, beobachtet er seine vier Söhne, die die Gäste mit Speisen und Getränken versorgen. Eva spricht mit dem Bauern und hält dabei Ausschau nach Magda.

Magda hat den offenen Wagenschuppen betreten. Man hat die Fahrzeuge aus dem Schuppen entfernt und eine Tanzfläche für die Gäste geschaffen. Drei junge Leute aus dem Dorf stehen an einer Seite des Schuppens und spielen auf einer Hammondorgel, einem kleinen Schlagzeug und einer Gitarre. Sie haben hohe rote Notenständer vor sich. Magda setzt sich auf die Holzbank, die an den drei Wänden des Schuppens entlang verläuft. An der Holzwand angebrachte Fackeln erleuchten den Schuppen. Neben ihr sitzt eine etwa fünfzigjährige Frau mit langen schwarzen Haaren und einem Kleid in bunten Farben. Die Frau legt den Kopf in den Schoß des Mannes neben ihr und beginnt laut zu weinen. Der Mann ist klein und häßlich und hat eine Glatze.

Man muß das Leben annehmen, sagt die Frau weinend zu Magda. Es ist die einzige Möglichkeit. Man muß es annehmen, wie es ist.

Als sie den Kopf heben will, drückt der Mann mit der Glatze ihn wieder in seinen Schoß zurück.

Ein großer brünetter Mann zieht Magda auf den Lehmboden des Schuppens und beginnt sie im Tanz zu drehen. Sie sieht das Grinsen in seinem Gesicht und riecht seinen Schweiß. Der Mann hält sie um die Taille fest, blickt starr geradeaus und dreht sie immer schneller.

Lassen Sie mich los, sagt Magda. Ich vertrage das nicht. Ich werde schwindlig.

Der Mann reagiert nicht und dreht sie weiter. Magda macht sich los und taumelt in einen jungen Mann mit einem roten Parka hinein.

Hoppla, sagt der junge Mann. Was fällt mir denn da in die Arme. Kommen Sie, wir machen einen Spaziergang im Mondschein. Hier ist es zu laut, und alle betrinken sich.

Der junge Mann berührt ihren Ellbogen und schiebt sie vor sich her. Sie gehen durch den Obstgarten hinter dem Haus und betreten die Wiese, die bis an den Waldrand reicht. Über der schwarzen Linie der Baumwipfel leuchtet weiß der fast volle Mond. Neben dem Haus steht Eva und blickt dem Paar nach. An einem der langen Holztische sitzt Leonhard und wendet den Kopf in die Richtung der Davongehenden.

Eva tritt zu Leonhard und setzt sich neben ihn. Ihnen gegenüber sitzt zwischen zwei schönen jungen blonden Frauen, die zu ihm aufschauen, ein ungefähr fünfzigjähriger Mann, dem einige Zähne fehlen.

Meine Schildkröten sind mir das wichtigste, sagt er zu den blonden Frauen. Man muß sich von den Leidenschaften der Menschen lösen. Schildkröten sind uralte Tiere. Sie sind sehr beruhigend. Außer meinen Schildkröten liebe ich niemanden.

Die blonden Frauen nicken langsam und legen die Köpfe an seine Schultern.

Magda ist weggegangen, sagt Eva zu Leonhard und beginnt zu weinen.

Ja, sagt Leonhard und schaut ihr ins Gesicht. Man kann nichts machen. Sie bleibt nirgends.

Ein Schauder durchläuft Eva.

Ist Ihnen kalt, fragt Leonhard, zieht den linken Arm aus dem Ärmel seines schwarzen Anzugrockes und legt einen Teil des Rockes um Eva.

Magda und der junge Mann haben den Wald betreten. Sie sehen kaum die Hand vor den Augen. Der junge Mann geht vor Magda einen schmalen Pfad entlang. Sie gehen abwärts. Er stolpert über eine Wurzel und fällt hin. Magda beugt sich zu ihm hinunter und streckt ihm die Hand entgegen. Er zieht sich an ihrer Hand hoch und läßt sie nicht mehr los. Der dichte Wald lichtet sich. Sie stehen auf einer Wiese.

Hier ist der kleine Teich, sagt der junge Mann: Ich kenne ihn.

Sie gehen über die sumpfige Wiese. Ihre Schuhe sinken ein wenig im nassen Erdreich ein. Magdas linker

Schuh bleibt im Morast hängen. Sie stößt einen kleinen Schrei aus und balanciert auf einem Bein. Dann tastet sie mit dem linken Fuß nach dem Schuh, findet ihn und schlüpft vorsichtig wieder hinein.

Sie steht vor dem Tümpel in der Mitte der Wiese. Auf dem dunklen Wasser schwimmen Pflanzen mit hellen Blüten. Magda zieht am Parka des jungen Mannes.

Der rote Drache, sagt sie. Sie sind der rote Drache.

Und Sie, fragt der junge Mann. Wer sind Sie.

Ich, sagt Magda und lacht leise. Ich bin die Drachentöterin.

Als Magda und der junge Mann zurückkommen, ist das Fest im Ausklingen. Die meisten Gäste sind fort. Auf einem der langen Holztische stehen aneinandergereiht viele leere Weinflaschen. Ein betrunkener Mann zählt die Flaschen. Er beginnt immer wieder von vorne. Eva kommt aus dem Bauernhaus. Auch sie ist betrunken. Sie stellt sich neben den zählenden Mann und sieht ihm zu. Mit einer Handbewegung stößt sie die Reihe der Flaschen um. Der betrunkene Mann geht zum nächsten Holztisch und legt sich darauf. Er faltet die Hände über dem Bauch und schläft ein.

Leonhard lehnt im Gespräch mit einer der schönen jungen blonden Frauen an der Außenwand des Wagenschuppens. Die Frau nimmt sein Handgelenk zwischen Daumen und Zeigefinger, hebt es hoch und blickt auf seine Uhr.

Sieh doch, sagt Eva zu Magda und zeigt auf die Stehenden. Sieh doch. Ich möchte gehen. Gehen wir endlich.

Ja, wir gehen, sagt Magda. Der rote Drache kommt mit. Das ist der rote Drache.

Sie gehen zu Leonhard und der schönen jungen blonden Frau.

Wir wollen gehen, sagen sie. Das ist der rote Drache. Er kommt auch mit. Er weiß nicht, wo er schlafen soll. Er kann bei uns auf dem Balkon übernachten.

Sie weiß auch nicht, wo sie schlafen soll, sagt Leonhard und deutet auf die schöne junge blonde Frau. Kann sie auch mitkommen.

Nein, sagt Eva und lacht. Wir haben nicht so viele Betten.

Nein, sagt Magda und kichert. Wir haben nicht so viel Platz.

Es tut mir leid, sagt Leonhard zu der schönen jungen blonden Frau. Sie haben es gehört. Es ist zu wenig Platz im Haus.

Die schöne junge blonde Frau wendet sich unvermittelt ab und geht ins Bauernhaus.

Die vier Menschen gehen in der Finsternis zurück. Der Mond ist nicht mehr zu sehen. Er ist hinter einer langen, schmalen Wolke und versieht sie mit einem silbernen Rand. Eva trägt ihre Schuhe in der Hand und geht neben dem Weg im Gras. Manchmal dreht sie sich wie im Tanz. Sie singt: Ich hab' die Nacht geträumet/Wohl einen schweren Traum./Es wuchs in meinem Garten/Ein Rosmarienbaum. Sie legt sich ins Gras und schaut zur Wolke mit dem Silberrand auf. Leonhard tritt zu ihr.

Sie müssen aufstehen, sagt er. Das Gras ist kalt. Sie können krank werden.

Das Gras ist nicht kalt, sagt Eva. Das Gras ist weich. Das Gras ist schwarz wie die Nacht. Das Gras ist ein schönes Grab. Sie singt: Ein Kirchhof war der Garten/Ein Blumenbeet das Grab.

Leonhard beugt sich zu ihr hinunter und ergreift ihre Hände. Er zieht sie zu sich hoch.

Kommen Sie, wir gehen weiter, sagt er. Kommen Sie.

Vor ihnen gehen Magda und der rote Drache. Der rote Drache singt ein anderes Lied.

Der Weg ist lang. In der Dunkelheit haben sie die falsche Abzweigung genommen. Sie müssen einen Umweg machen. Als sie das alte Haus erreichen, ist über dem Horizont ein schmaler dunkelgrauer Streifen zu sehen.

Eva geht in den Saal und läßt sich auf das breite Bett fallen. Leonhard betritt das Gästezimmer und schließt das Fenster und die Tür. Magda führt den roten Drachen auf den Balkon. Sie holt Bettzeug und breitet es über eine in der Ecke liegende Matte. Sie dreht die Lichter aus und legt sich neben Eva auf das breite Bett. Eva legt einen Arm auf ihren Bauch und ein Knie auf ihren Oberschenkel. Magda schiebt den Arm und das Bein weg und liegt mit offenen Augen und hinter dem Kopf verschränkten Händen auf dem Rücken. Eva dreht sich unruhig hin und her. Nach einer Weile steht Magda in der Dunkelheit auf, verläßt den Saal, tastet sich durch das Vorhaus und öffnet die Tür zum Gästezimmer. Sie geht zu dem Bett, in dem Leonhard schläft, und setzt sich an den Rand. Leonhard richtet sich auf und greift nach ihrem Kopf. Magda wehrt ab. Leonhard versucht sie an sich zu ziehen. Magda bleibt aufrecht sitzen.

Hör auf, sagt sie leise. Hör auf. Es ist Zeit, daß du in den Saal gehst.

Sie steht auf, geht aus dem Zimmer und durch das Vorhaus auf den Balkon. Der rote Drache liegt unter der Decke. Er schläft nicht. Neben ihm schläft die Katze.

Komm, sagt er und schlägt die Decke zurück. Ich habe auf dich gewartet.

Hinter dem Haus ist die Sonne aufgegangen. Sie scheint auf den Tisch, den Eva und Leonhard mit Tellern, Schalen und Besteck gedeckt haben. Eva sitzt auf Leonhards Schoß und holt mit einem Messer dunklen Honig aus einem Glas. Das Messer hat eine scharfe Schneide. Langsam leckt sie den Honig vom Messer. Leonhard hat das rechte Ohr an Evas Rücken gelegt und blinzelt in die Sonne. Magda kommt mit einer weißen Porzellankanne voll Kaffee aus der kleinen Küche.

Der rote Drache hat unter dem Hirschkopf Platz genommen und streicht Butter auf ein Stück Brot. Magda stellt die Kanne in die Mitte des Tisches. Der rote Drache reicht ihr das Brot. Das Brot und die Hände schweben über der Kanne. Die Katze springt auf den Tisch.

Jonas

Der Scheibenwischer bewegt sich hin und her. Das Auto fährt durch die Großstadt. Man sieht die Umrisse des Kopfes des Fahrers. Der Regen, der über die Scheibe rinnt, löst die sichtbare Welt, in die der Fahrer hineinfährt, auf. Es ist Nacht. Rote, grüne, gelbe, weiße Lichter bewegen sich, verschmelzen miteinander, verschwimmen zu großen Flecken. Der Fahrer drückt auf eine Taste des Autoradios. Er bewegt die Lippen.

Die auf dem Klavier angeschlagenen Töne steigen und fallen, steigen und fallen in einer klaren Abfolge. Im Kinosaal bewegt Jonas den Kopf langsam nach vorne und zurück. Er hebt die Hände und rückt die mit schwarzem Schaumgummi gepolsterten Lautsprecher des Walkmans zurecht. Das Auto auf der Leinwand hält an. Der Fahrer steigt aus, sperrt das Auto ab und geht schnell, mit hochgezogenen Schultern und den Händen in den Taschen seiner braunen Lederjacke, auf einen grünen Neonschriftzug zu. Cinema Royal. Unter dem Schutzdach des Kinos stehen gedrängt Leute. Der Mann reckt den Kopf suchend in die Höhe. Er geht auf eine junge blonde Frau mit langen Haaren zu. Die Haare sind glatt und am unteren Ende nach außen gedreht. Die Frau trägt ein tailliertes rotes Kostüm mit einem kurzen Rock und eine weiße Hemdbluse. Ihr Gesicht ist das eines Mädchens. Der Mann bleibt vor ihr stehen und lächelt. Er bewegt die Lippen. Er schließt den Mund. Nun bewegt die Frau die Lippen.

Das Musikstück endet in einer Serie von immer höher werdenden Tönen. Nach einer von weißem Rauschen erfüllten Pause beginnt ein neues Stück mit drei fest angeschlagenen tiefen Klaviertönen. Jonas schließt die Augen und konzentriert sich eine Weile auf die Musik. Er öffnet die Augen erst wieder, als sich jemand an seinen Knien vorbeidrückt. Er sieht, wie Namen in gut leserlicher Druckschrift am oberen Ende der Leinwand auftauchen, sich langsam abwärts bewegen und am unteren Ende wieder verschwinden. Im Kinosaal gehen die Lichter an. Jeder der drei weiteren Besucher, die mit ihm den Film gesehen haben, verläßt den Saal durch einen anderen Ausgang.

Jonas tritt ins Freie. Er ist überrascht von der Helligkeit des Nachmittags. Der Himmel ist hoch und blaßblau. Ein kalter Wind weht. Jonas schlägt den Kragen seiner schwarzen Lederjacke hoch und knöpft sie zu. Der Walkman ist am Gürtel seiner schwarzen Jeans befestigt. Zwischen dem roten Innenfutter seiner Lederjacke und dem grauen Wollpullover verläuft das dünne Kabel quer über seinen Oberkörper. Ein junger Mann, den er flüchtig kennt, wartet vor dem Kino. Er sagt etwas zu ihm und schlägt ihm auf die Schulter. Jonas versteht nicht, was er sagt. Er grüßt ihn freundlich und geht weiter, ohne den Walkman abzunehmen. Er hat die Bilder des Films im Kopf. Sie überlagern sich mit dem, was er vor sich sieht: eine breite Straße, auf der sich vier Autoreihen langsam bewegen. Jonas sucht sich einen Weg durch die Autos hindurch. Auf der anderen Straßenseite geht er zwischen den vielen Passanten, läßt sich von ihnen schieben und stoßen. Jemand zupft ihn am Ärmel. Es ist eine kleine Frau mit einem braunen Gesicht in einem bunten Kleid. Sie hat ein rotgoldenes Kopftuch umgebunden, aus dem ein langer dunkler Zopf hängt. Auf ihrem Rücken trägt sie ein kleines Kind. Jonas bleibt stehen und blickt hinunter auf die Frau. Sie sieht ihn bittend an und hält ihm die zu einem

Gefäß geformten Handflächen entgegen. Jonas greift in die Innentasche seiner Jacke und legt einen Geldschein in die hohlen Hände der Frau. Die Frau nimmt seine linke Hand. Sie zeigt auf die Handlinien und spricht auf ihn ein. Jonas kommt der Gedanke, den Walkman ein wenig leiser zu drehen. Er tut es nicht. Er hört die Klaviermusik von Bach. Die kleine Frau lächelt zu ihm hoch und holt ein zerknülltes Papiertaschentuch aus den Falten ihres langen, weiten Rockes. Sie zeigt ihm ein kleines Glasstück, das in das Papier eingewickelt ist, legt es wieder hinein und drückt ihm das Papiertaschentuch in die Hand. Dann schlägt sie ein Kreuz über ihn und verschwindet in der Menge. Jonas steckt das Geschenk in seine Hosentasche und wird weitergeschoben. Er blickt in die Gesichter, die ihm entgegenkommen. Auch die zwei Gesichter des Paares aus dem Film sind darunter. Sie tauchen auf und verschwinden. An der Fußgängerampel drängen sich die Menschen. Jonas dreht die Musik lauter. Er weiß nicht, wohin er gehen soll. Er läßt sich treiben, geht die Treppe zu einer U-Bahnstation hinunter und steigt in einen Waggon, der gerade eingefahren ist. Ihm gegenüber sitzt eine Frau in einem goldenen Hosenanzug. Die Frau liest in einer Zeitung. DER CIA WAR IM SPIEL steht in großen schwarzen Buchstaben auf der ersten Seite. Zwischen zwei Stationen bleibt die U-Bahn unter der Erde stehen. Sie steht lange. Die Leute schauen vor sich hin. Jonas sieht, daß sie nicht sprechen. Die Frau im goldenen Hosenanzug liest. Sie blättert nicht um. Sie läßt die Zeitung auf ihren Schoß sinken. Sie seufzt und fällt nach vorne auf seine Knie, dann gleitet sie weiter und liegt neben ihm auf dem Boden. Die U-Bahn setzt sich in Bewegung. Jonas versucht die Frau auf die Sitzbank zu ziehen. Ein Mann hilft ihm. Sie legen die Frau auf die Bank. Sie schieben ihr die Jakke des Mannes unter den Kopf. Die Frau liegt auf dem Rücken. Ihre Beine hängen an der dem Gang zugewandten Seite über die Bank. Die Schuhe berühren mit den Spitzen leicht den Boden. Es sind hochhackige schwarze Schuhe. Jonas nimmt den Walkman nicht ab, als der Mann ihn anspricht.

Es wird ihr gleich besser gehen, sagt er und steigt aus.

Er geht durch die gekachelten Gänge. Er sieht, wie ein Mann eine Frau an den Schultern packt und sie schüttelt. Er steht auf der Rolltreppe, die nach oben fährt. Er betrachtet die Plakate an den die Rolltreppe begrenzenden Wänden. Eine schöne Frau in einem weißen Umhang sitzt auf einem weißen Pferd. Vor einem braunen Ledersessel und einem Kaminfeuer stehen auf einem glänzenden braunen Tisch eine leuchtend grüne Flasche und ein schimmerndes Kristallglas. Ein Mann mit einer wallenden Lockenperücke sitzt im Talar eines Richters am Steuer eines japanischen Autos. Ein kleines Mädchen in einem rosa Pyjama beugt sich zu einer schwarzen Katze hinunter. Am Rand eines Brunnens küssen sich ein Mann und eine Frau. Zwei kleine Schweine stehen auf den Hinterbeinen an einem niedrigen Holzzaun und lächeln.

Jonas tritt ins Freie und geht weiter. Hier ist es ruhiger. In einiger Entfernung sieht er ein Schild mit der Aufschrift: SPIELSALON. Er geht darauf zu, öffnet die Tür und betritt einen großen Raum ohne Fenster. Die bunten Lichter der Spielautomaten leuchten ihm entgegen. Außer ihm ist niemand in dem Raum. Ein Spielautomat steht neben dem anderen. Jonas sucht sich einen Automaten aus und wirft eine Münze ein. Bevor er zu spielen anfängt, dreht er den Walkman lauter. Er lehnt sich mit dem Unterkörper an die glatte Vorderwand des Automaten. Manchmal hebt er den Automaten ein wenig an, um die Kugel besser in die gewünschte Bahn zu lenken. Er gewinnt ein Freispiel. Er nützt das Freispiel nicht. Ihm ist eingefallen, wohin er gehen will. Er verläßt den Spielsalon und wendet sich nach rechts. Er betrachtet die Schaufenster der kleinen Geschäfte. Er sieht verstaubte Thunfischdosen und Marmeladegläser. Er sieht ein Schild mit der Aufschrift ANFERTIGUNG NACH MASS, daneben vier einzelne Schuhe und zwei Tuben mit Schuhcreme. Er sieht altmodische Strickkleider, braun und beige gestreift, auf lebensgroßen Puppen mit sorgfältig bemalten Gesichtern. Er geht an einer Mauer entlang. Er nimmt eine Sprühdose aus der Tasche seiner Lederjacke. Er drückt auf den Sprühknopf und hält die Dose im Gehen so, daß ein langer schwarzer Streifen auf der Mauer entsteht. Unter den Geleisen der S-Bahn bleibt er stehen und sprüht die Wörter JOHANN SEBASTIAN BACH auf die Mauer. Mit den drei Wörtern schreibt er die ganze Wandfläche unter den Geleisen voll. Trotz der lauten Klaviermusik hört er leise das Geräusch des über ihm fahrenden Zuges.

Etwa fünfzig Meter nach der Unterführung gelangt er an ein hohes Gittertor. LANDESSONDERKRANKENHAUS steht in einem Bogen über dem Tor. Jonas drückt es auf und geht an einem kleinen Wärterhaus vorüber. Der Mann in dem Häuschen blickt kurz auf. Jonas ist auf einem ausgedehnten, von einer Mauer umschlossenen Gelände, auf dem in regelmäßiger Anordnung schöne alte Häuser über quadratischem Grundriß stehen. Manche der Häuser haben ebenerdig gelegene Terrassen oder verglaste Veranden. Kieswege führen von einem der Pavillons zum nächsten. Zwischen den Häusern erstrekken sich Grünflächen mit hohen alten Bäumen.

Jonas dreht den Walkman leiser. Er blickt zum Himmel auf. Die Sonne ist untergegangen. Vom leuchtenden

Rot im Westen heben sich schwarz die kahlen Äste der Bäume und die Fernsehantennen auf den Pavillons mit den flachen Dächern ab. Männer in hellblauen Pyjamas und gestreiften Hausmänteln, mit Bartstoppeln und grauen Gesichtern gehen an ihm vorüber. Jonas setzt sich auf eine der schmiedeeisernen Bänke. Auf der Bank neben ihm sitzen zwei dieser Männer. Einer streift den Ärmel seines Hausmantels und den Ärmel seines Pyjamas hinauf und zeigt dem anderen etwas auf seinem Arm. Der andere betastet den Arm und reißt den zahnlosen Mund zu einer Art Lachen auf.

Jonas wartet. Als der erste Krähenschwarm in einem hohen Bogen die Anstaltsmauer überfliegt, streift er den Walkman vom Kopf, so daß er um seinen Hals liegt. Der Schwarm läßt sich auf einem der kahlen Bäume nieder. Die vielen hundert Krähen auf dem Baum sehen aus wie Laub. Weitere Schwärme ziehen herbei, dehnen sich aus, verformen sich, ziehen sich zusammen. Jonas breitet die Arme auf der Rückenlehne der Bank aus und legt den Kopf weit zurück. Das Geschrei der Krähen dringt von allen Seiten an seine Ohren. Allmählich lassen sich immer mehr Vögel auf den Bäumen und auf den Antennen nieder. Die Schwärme verdunkeln den roten Abendhimmel. Schreie und Flügelschlagen erfüllen die Luft.

Jonas lächelt. Er sieht das Schauspiel nicht zum ersten Mal. Tausende von Nebelkrähen versammeln sich hier. Sie schlafen auf den Bäumen und Antennen. Die Kieswege, Mauern und Treppen sind voll von ihrem hellen getrockneten Kot. Jonas sieht sie immer größer werden. Er sieht, wie sie die Menschen mit ihren scharfen Schnäbeln angreifen, ihnen in die Gesichter fliegen. Er sieht, wie sie die Menschen mit ihren Krallen im Genick packen, sich mit ihnen in die Lüfte erheben und zurückfliegen in die russischen Steppen. Er schließt die Augen und hört der Musik der Nebelkrähen zu.

Es ist dunkel. Jonas wartet an einer Straßenbahnhaltestelle. Er sieht den Wagen von weitem. Der Wagen ist hell erleuchtet. Jonas steigt ein und läßt sich auf einer der aus schmalen Holzbohlen bestehenden Sitzbänke nieder. Es ist warm im Inneren der Straßenbahn. Die Heizkörper sind unter den Sitzen angebracht, die Wärme steigt durch die Ritzen zwischen den Bohlen auf. Außer ihm und dem Fahrer sind nur zwei Personen im Wagen. Es sind zwei Nonnen in langen dunkelblauen Ordenskleidern. Auf dem Kopf tragen sie kunstvoll gefaltete weiße Tücher. Jonas sieht, daß eine der beiden Nonnen einem Volk aus dem Fernen Osten angehören muß. Sie ist jung und dick und hat ein rundes, braunes, mürrisches Gesicht. Die zweite Nonne ist um die fünfzig, groß und hager. Ihr Blick ist hell und strahlend, der Mund schmal, an den Mundwinkeln aufwärts strebend. Wangen, Stirn und Schläfen sind von vielen Falten durchzogen. Sie neigt sich zur jüngeren Nonne hin, legt ihre Hand auf deren Oberschenkel, sagt etwas und lacht. Jonas würde gern ihr Lachen hören. Er hat den Walkman wieder aufgesetzt und nimmt ihn nicht ab. Er blickt aus dem Fenster. Es hat kurz geregnet, die Straßen glänzen schwarz. Wie in dem Film, den Jonas gesehen hat, spiegeln sich die Lichter in der Nässe. Das Gesicht der blonden jungen Frau aus dem Film taucht in der Umrahmung des Fensters auf. Die roten, gelben und grünen Lichter der Scheinwerfer, Leuchtreklamen, Ampeln und Straßenlaternen ziehen durch das Gesicht hindurch. Das Gesicht der blonden jungen Frau aus dem Film erinnert ihn an das Gesicht des Mädchens. Jonas dreht den Walkman lauter.

Die Nonnen und er steigen an derselben Haltestelle aus. Er reicht der hageren Nonne die Hand und hilft ihr über das Trittbrett ins Freie. Er geht ein Stück die Straße entlang, dann betritt er eine Gaststätte, über deren Eingangstor ein goldener Stiefel hängt. Dunst und Lärm schlagen ihm entgegen. Er geht auf den einzigen noch freien Tisch zu, einen großen Holztisch ohne Tischdecke neben einer Jukebox. Bevor er sich setzt, läßt er den Blick über die teils mit einem blauen Kugelschreiber, teils mit einer alten Schreibmaschine geschriebenen Kärtchen im Inneren der Jukebox gleiten. Die obere Hälfte der meisten mit der Maschine geschriebenen Wörter ist schwarz, die untere rot. Das O ist kaum zu sehen. Der Hintergrund der Jukebox leuchtet blau wie schönes Glas. Jonas wirft zwei Münzen in den Automaten und drückt auf eine Taste neben den Wörtern As Tears go by und Rolling Stones. Er hört nicht, ob das Lied gespielt wird. Er setzt sich an den Tisch. Ein Kellner mit einem dicken, von einer weißen Schürze bedeckten Bauch, einem massigen Kopf und einem schweren Doppelkinn stützt die Hände auf dem Tisch auf und blickt Jonas fragend an. Jonas bestellt Spaghetti und ein Bier. Die Musik im Walkman endet. Jonas nimmt den Walkman vom Gürtel und dreht die Kassette um. Dann befestigt er das Gerät wieder am Gürtel. Die am Nebentisch sitzenden Männer wenden sich nach ihm um und lachen. Jonas ißt und trinkt schnell. Er hat die Lederjacke ausgezogen. Das Kabel des Walkmans hängt über seinem Pullover. Es ist ihm beim Essen nicht im Wege. Die Männer am Nebentisch trinken Bier aus großen Gläsern. Sie bewegen die Lippen und verziehen die Gesichter. Immer wieder blicken sie zu Jonas hin. Einer der Männer steht auf und nähert sich. Er bleibt neben Jonas stehen und sagt etwas zu ihm. Jonas dreht den

Walkman leiser. Aus weiter Entfernung hört er die Worte des Mannes.

Nimm das Ding vom Kopf, du arroganter Hund, sagt der Mann. Hier trägt man so was nicht.

Jonas dreht den Walkman lauter. Der Mann spricht weiter, ohne daß Jonas versteht, was er sagt. Jonas führt den letzten Rest des Gerichtes mit der Gabel zum Mund. Der Mann schlägt ihm die Gabel aus der Hand. Der Wirt, der hinter dem Schanktisch Bier in ein Glas rinnen läßt, blickt zu ihnen hin. Jonas greift zu seinem Bierglas. Der Mann schlägt ihm das Bierglas aus der Hand. Der Kellner mit dem Doppelkinn hält in seiner Bewegung inne. Der Mann versucht Jonas den Walkman vom Kopf zu reißen. Jonas hält das Kabel fest. Der Mann packt Jonas an den Haaren und drückt seinen Kopf nach unten, bis Stirn und Nasenrücken auf dem fast leergegessenen Teller aufschlagen. Er reißt seinen Kopf wieder hoch. Rote Soße rinnt Jonas über die Stirn. Widerstandslos läßt er es geschehen, daß sein Kopf nochmals auf das Porzellan gedrückt wird. Er hält das Kabel fest. Er wehrt sich nicht. Die Gäste, die Kellner und der Wirt beobachten den Vorfall. Sie greifen nicht ein. Erst als der Mann Jonas losläßt und zu seinem Tisch zurückgeht, tritt der Wirt auf ihn zu und spricht auf ihn ein. Er führt ihn zur Tür. Der Mann geht.

Mit der Papierserviette wischt Jonas die Soße von seiner Stirn. Er bedeutet dem Kellner mit einer Handbewegung, daß er zahlen möchte. Er sieht die entschuldigenden Gesten des Kellners. Er hört die Musik von Bach. Er bezahlt die Rechnung, zieht die Lederjacke an und verläßt die Gaststätte. Er schiebt die rechte Hand unter die offene Lederjacke und hält das Kabel weiter fest.

Jonas geht durch die Straßen. Leichter Nieselregen benetzt seine Haut und seine Haare. Er hat den Walkman auf die höchste Lautstärke gedreht. Er sieht sich undeutlich in einem Schaufenster widergespiegelt. Er sieht einen großen, schmalen jungen Mann mit zarten Gesichtszügen und blasser Haut. Er entscheidet sich für eine bestimmte Richtung. Er geht durch eine Kastanienallee. Er schlägt im Vorbeigehen kurz und hart mit der Faust auf einen Stamm. Er geht mitten auf der Straße. Seine Schritte hallen auf dem Asphalt. Ein elegantes schwarzes Auto kommt ihm mit hoher Geschwindigkeit entgegen. Er springt zur Seite und spürt, wie das Auto ihn an der Hüfte sacht mit dem Außenspiegel streift. Er biegt in eine andere Straße ein. Er nimmt die Sprühdose aus der Jackentasche und zieht einen langen schwarzen Strich über die Hauswände.

Vor einem hohen Eingangstor bleibt er stehen. Er drückt auf einen der Klingelknöpfe neben den erleuchteten Namensschildern. Ohne zu hören, ob eine Stimme aus der Gegensprechanlage dringt, spricht er in den Lautsprecher.

Ich bin es, Jonas, sagt er.

Er macht eine Pause.

Ich bin es, Jonas. Ich bin es, Jonas. Jonas, wiederholt er im Rhythmus der Musik.

Er stemmt sich gegen das Eingangstor. Nach wenigen Sekunden gibt das Tor nach und läßt sich öffnen. Jonas geht an zwei schwarzen Abfalleimern und an den im Halbdunkel golden glänzenden Postfächern vorüber. Der Name der Fotografin auf einem der Fächer durchquert sein Blickfeld. Er geht über die abgetretenen Steinstufen hinauf in den ersten Stock und nimmt die vertraute Zeichnung an der Wand wahr, den Kopf eines Farbigen mit vielen kleinen Zöpfchen. Vor einer dunkelbraunen Tür bleibt er stehen und drückt auf die Klingel. Als die Fotografin öffnet, dreht er den Walkman leiser. Er behält ihn auf dem Kopf.

Er betritt den braunroten Steinboden des großen, hohen Vorzimmers. Das Vorzimmer hat keine Fenster. Die breite weiße Flügeltür zum Wohnzimmer der Fotografin steht halb offen. Die Fotografin lächelt über die Schulter zurück und geht durch die Tür. Jonas bleibt kurz im Vorzimmer stehen. Von der Deckenlampe baumelt ein grellrosa Plastikflugzeug. Er hat es am Stand eines Jahrmarktes gekauft, aufgeblasen und der Fotografin geschenkt. Sic hat es im Vorzimmer aufgehängt. In einer Ecke des Vorzimmers stehen übereinandergestapelt mehrere alte Stühle, zerschlissene Sessel aus Leder und solche mit durchgebrochener Sitzfläche. An einer der schmutzigen weißen Wände lehnt ein zusammengelegtes Gestell zum Trocknen von Wäsche, an einer anderen eine hohe Stehleiter aus Metall. Auf einem Holzsessel liegt ein Stoß alter Zeitungen. Leere Mineralwasserflaschen stehen auf dem Boden. An einer Wand ist ein großer ovaler Spiegel angebracht, daneben hängt ein etwa zwei Meter langes und eineinhalb Meter breites Plakat, auf dem, zwischen lila Wolken schwebend, zwei Männer in Anzügen mit aufgerissenen Mündern abgebildet sind. Aus dem aufgerissenen Mund des einen fällt jeweils die verkleinerte Abbildung des anderen. Neben der hohen weißen Flügeltür stehen aufgespannt ein großer schwarzer und ein kleiner grauer Regenschirm. Die Schlaufe des grauen Regenschirms ist leuchtend rot.

Jonas stellt sich vor den Spiegel. Er hört, wie die Fotografin durch die geöffnete Tür seinen Namen ruft.

Ich komme, antwortet er.

Wieder betrachtet er sich im Spiegel. Er bringt sein Gesicht ganz nahe an das Glas. Seine Augen sind hellgrün. Die Wimpern sind schwarz. Er hebt die linke Hand und zeichnet mit dem Zeigefinger die dunklen Ringe unter den Augen nach. Die Haut unter den Augen ist dünn. Er streicht über seine Wangen. Das Gesicht ist fast unbehaart. Er legt die Hände an die Seiten und steht kerzengerade vor dem Spiegel.

Das bin ich. Ich bin es, Jonas, sagt er leise.

Du bist es, Jonas, sagt die Fotografin, die sich neben ihn gestellt hat, und lächelt. Auch sie legt die Hände an die Seiten. Sie blicken sich im Spiegel an. Die Fotografin ist klein und ungefähr zehn Jahre älter als er. Sie trägt einen weißen Kittel. Im Spiegel sehen sie aus, als wären sie gleich alt. Jonas legt den Arm um ihre Schultern. Er folgt ihr in das große helle, fast leere Wohnzimmer. Sie setzen sich an einen kleinen Tisch.

Ich bin müde, sagt die Fotografin. Ich bin vor einer halben Stunde von einer Modenschau zurückgekommen, auf der ich fotografiert habe. Vorher hatte ich einen Termin bei diesem Schriftsteller. Ich habe in seinem Haus Porträts von ihm gemacht. Es war anstrengend. Sein Gesicht war mir unangenehm. Es ist schwierig, jemanden zu fotografieren, dessen Gesicht man nicht mag.

Ich habe zwei Nonnen gesehen, sagt Jonas.

Warum nimmst du den Walkman nicht ab, sagt die Fotografin.

Nein, sagt Jonas. Ich kann dich hören. Ich verstehe dich.

Zwei Nonnen, sagt die Fotografin.

Ich möchte heute abend hier schlafen, sagt Jonas. Kann ich bleiben.

Ich bin müde, sagt die Fotografin. Ich habe viel gearbeitet. Du kannst hierbleiben, wenn du willst.

Sie gehen in die Dunkelkammer. Das Bett der Fotografin steht in der Dunkelkammer. Die Dunkelkammer ist der einzige ruhige Raum in der Wohnung. Die Fotografin schaltet die Rotlichtlampe ein. Sie erhellt den Raum spärlich. Die Fotografin streift den weißen Kittel ab und legt sich ins Bett. Jonas zieht sich aus und schlüpft neben sie. Er tastet nach ihrem Körper. Sie entzieht sich nicht. Sie bewegen sich langsam. Ihre bloßen Glieder leuchten im roten Licht der Lampe wie im Widerschein eines verheerenden Brandes. Jonas nimmt den Walkman nicht ab. Er dreht ihn lauter. Er hört die Stimme der Fotografin nicht mehr. Er hat das schwarze Kästchen an den Innenrand des Bettes gelegt. Manchmal verschiebt es sich ein wenig. Das Kabel ist zwischen ihren beiden Körpern eingebettet. Bei einer heftigen Bewegung der Fotografin geschieht es, daß sich das Kabel um ihren Hals legt. Jonas lächelt und zieht es spielerisch ein wenig fester. Die Fotografin richtet sich auf. Jonas blickt zu ihr hoch. Die Musik von Bach dröhnt in seinen Ohren.

Das Mädchen. Die Frauen.

Die beiden sind in der Bewegung erstarrt. Dann lokkert Jonas seinen Griff und nimmt das Kabel sacht vom Hals der Frau. Die Fotografin legt den Kopf auf seine Brust.

Schlafen wir, sagt Jonas.

Frau mit drei Flugzeugen

Dante und Gabriel sitzen auf kleinen Stühlen an einem hellblau gestrichenen runden Metalltisch und trinken schwarzen Kaffee und Anisschnaps. Die Lehnen der Stühle berühren die heiße Außenwand eines Hafencafés. Auf dem Boden steht eine Reisetasche, an deren Henkel zwei Paar hohe Schnürschuhe aus braunem Wildleder gebunden sind.

Dante hebt die Hand, um die Augen gegen die Sonne zu schützen.

Sieh doch, sagt sie und deutet mit der anderen Hand auf ein Schiff, das im Begriff ist abzufahren. Die Verladerampe geht langsam hoch, und gleichzeitig läuft eine junge Frau mit erhobenen Armen aus dem dunklen Laderaum und die Rampe hinauf.

I wanna get out. Let me get off this ship. I gotta get off, ruft sie.

Die Rampe senkt sich wieder, und die Frau läuft mit ihrem Rucksack vom Schiff. Auf dem Pier bleibt sie stehen und dreht sich um. Das Schiff zieht die Ladeklappe wieder ein und setzt sich langsam in Bewegung. Die Menschen auf dem Schiff blicken über die Reling zurück auf die Insel. Einige winken.

Stupid bastards, murmelt die Frau, während sie an Dante und Gabriel vorbeigeht, den Rucksack abstreift und sich an den Nebentisch setzt.

Gefällt sie dir, fragt Dante und sieht Gabriel von der Seite an.

Gabriel wendet den Kopf, sieht die Frau an und sagt nichts.

Gefällt sie dir, wiederholt Dante.

Nein, sagt Gabriel.
Lüg nicht. Sie gefällt dir.
Nicht besonders. Hör auf damit.
Sie schweigen und blicken auf das Meer. Das Meer ist glatt und ruhig. Das Schiff entfernt sich, am Horizont taucht ein zweites auf. Es ist ein graues Kriegsschiff.
Yes, Greek coffee. And an egg. Hard-boiled. And some bread, bestellt die Frau am Nebentisch. Der Kellner verjagt ein paar Fliegen mit einem Tuch und sagt etwas so leise, daß man es nicht versteht.
Dante steht auf. Gabriel ergreift ihre Hand, öffnet die Knie und zieht sie in den entstehenden Zwischenraum. Er legt seine Hände auf ihre Hüften und blickt zu ihr hoch. Sie steht im Gegenlicht über ihm, er sieht ihr Gesicht nicht.
Dummes Kind, sagt er und küßt sie schnell auf den Bauch.
Als sie sich ihm entwinden will, preßt er die Oberschenkel zusammen und spannt die Muskeln an. Gleichzeitig verstärkt er den Griff um ihre Hüften. Sie kämpft wortlos, bis er sie losläßt. Dann beugt sie sich zu ihm hinunter und küßt ihn leicht auf den Mund.
Ich liebe dich, sagt sie, nimmt einen Fotoapparat aus der Reisetasche, hält ihn an die Augen und geht damit ein paar Schritte rückwärts.
Du fällst ins Wasser, ruft Gabriel. Sie bleibt stehen und blickt ihn durch das Sucherobjektiv an. Er sitzt zurückgelehnt auf dem Stuhl, in einem dunkelblauen Hemd, dessen Ärmel bis zu den Ellbogen reichen und dessen oberste weiße Knöpfe geöffnet sind. Die nackten goldbraunen Beine sind locker auseinandergeklappt, die Füße in den Sandalen vorgestreckt. Die glatten dunklen Haare liegen hinter den Ohren an und fallen ihm fast bis auf die Schultern.

Mach schon, ruft er.

Wie schön er ist. Wie fremd er ist. Er sieht mich kaum. Er ist so kurzsichtig.

Gleich, sagt sie und schwenkt den Fotoapparat ein wenig nach rechts, bis die Frau im Sucherobjektiv erscheint. Dann drückt sie auf den Auslöser.

Sie läuft zurück und küßt ihn.

Du bist sehr fotogen, sagt sie. Ich liebe dich.

Als die Schiffssirene ertönt, leeren sie ihre Gläser und betreten das Schiff, das schon seit einigen Stunden im Hafen liegt. Sie finden Platz auf dem Promenadendeck. Zwei blonde junge Männer legen sich neben sie auf eine weiß gestrichene Holzbank, betten die Köpfe auf ihre Rucksäcke und schlafen sofort ein. Einer der beiden trägt eine lange weiße Hose mit großen schwarzen Punkten, der andere eine schwarzweiß gestreifte.

Gabriel zieht ein Päckchen Spielkarten aus der Reisetasche.

Spielen wir, schlägt er vor.

Sie spielen lange, beobachtet von den sie umgebenden Passagieren.

Wir spielen. Wir sind verheiratet. Ich bin mit diesem Mann verheiratet. Seit einer Woche. Wir stellen das Glück zur Schau. Sind wir glücklich.

Einer der blonden Männer wacht auf.

Wir sind so müde, sagt er. Wir haben die ganze Nacht am Strand getanzt. Wir sind Dänen. Bitte wecken Sie uns, wenn wir in Santorin ankommen.

Er legt den Kopf wieder auf den Rucksack und schließt die Augen.

Ihnen gegenüber sitzen eine rothaarige Frau Mitte Dreißig und ein bleicher, schwarzhaariger junger Mann.

Als Kind stand ich einmal in der Nacht auf und stellte alle Blumentöpfe in der Wohnung um mein Bett, sagt der Mann. Am Morgen wußte ich nichts davon.

Du und der Vollmond, sagt die Frau lächelnd.

Der Mann nimmt ihre Hände, verbirgt sein Gesicht in ihnen und küßt sie heftig.

Bewegung entsteht unter den an der Reling Stehenden. Dante und Gabriel laufen zum Geländer. Vor ihnen öffnet sich der große, halb versunkene Krater von Santorin. Zur Linken des mit Wasser gefüllten Kraters erhebt sich eine schwarzrote Felswand. Darauf liegt die weiße Stadt wie eine Schicht Schnee. Am Eingang des Kraters springen Delphine aus dem Wasser. Gabriel zeigt mit dem Finger auf sie.

Sieh sie dir genau an, sagt er. So lachst du. Genau so. Wie ein Delphin.

Sie gehen zurück zu ihren Plätzen und essen ein paar Tomaten, Käse und etwas Brot. Dazu trinken sie Wein aus einer halbvollen Flasche, die in einem Außenfach der Reisetasche steckt. Dann wecken sie die beiden Dänen und gehen zum Ausgang. Jeder hält einen Griff der Reisetasche. Die Schuhe baumeln zu beiden Seiten der Tasche herunter.

Am Hafen tritt ein Mann auf sie zu.

You need a room, fragt er.

Sie sind einverstanden und fahren mit ihm auf der Ladefläche seines blauen Kleinlastwagens die kurvenreiche Straße bis zur Stadt hinauf. Unterwegs kommen sie an einer Gruppe älterer Amerikanerinnen auf Eseln vorüber. Eine Amerikanerin mit seitlich spitz zulaufender grellgrüner Sonnenbrille hat Schwierigkeiten, sich auf dem Rücken ihres Tieres zu halten. Ängstlich blickt sie über die Schulter zurück zu ihrer Freundin.

Oh, Carol, I'm falling, kreischt sie.

Der Mann hält vor einem Haus direkt an der Steilwand, die Hunderte Meter senkrecht zum Meer abfällt. Die Fenster des Zimmers, das man ihnen angeboten hat, geben den Blick frei auf die dunkle Wasserfläche des Kraters, auf einige kleine schwarze Inseln und auf die Felswand gegenüber.

Dante und Gabriel stehen auf dem Balkon ihres Zimmers und blicken in den Abgrund.

Neunzehnhundertsechsundfünfzig war hier das große Erdbeben, sagt Gabriel, läßt seinen Zigarettenstummel vom Balkon fallen und blickt ihm nach. Er geht ins Zimmer zurück und legt sich angekleidet auf das straff gespannte weiße Leintuch auf dem breiten Bett. Eine Weile sitzt Dante auf dem Balkon. Dann tritt sie an das Bett, auf dem Gabriel schläft. Er liegt auf der Seite, in einer anmutigen Krümmung, die Hände an die Wange gelegt, die Knie leicht angezogen.

Sie betrachtet ihn am liebsten, wenn er schläft. Nach der Begegnung mit ihm hat sie darauf gewartet, wie er im Schlaf aussehen wird. Sie hat gewußt, daß der weitere Verlauf ihrer Beziehung davon abhängen wird.

Wie schön er ist. Wie fremd er ist.

Gabriel dreht sich auf den Rücken und beginnt im Schlaf zu lachen. Er öffnet die Augen.

Ich habe von einer Frau geträumt, die ein gelbes Holzflugzeug als Hut trug, sagt er. Es sah sehr komisch aus.

Deshalb hast du gelacht, sagt Dante. War die Frau in dem Traum schön.

Gabriel sieht sie an und schweigt.

Komm her, sagt er und breitet die Arme aus.

Dante kniet sich neben ihn auf das Bett. Gabriel schiebt die Hände unter ihr T-Shirt. Sie schließt die Augen und überläßt sich der Berührung. Nach einer Weile nimmt sie seine Hände von ihrer Brust.

Hast du sie mehr geliebt als mich, fragt sie.

Gabriel richtet sich auf und lehnt sich an die Wand.

Fang nicht damit an, sagt er.

Hast du sie mehr geliebt.

Darauf antworte ich nicht.

Sag es mir. Sag es, flüstert sie, krümmt die Finger und gräbt die Nägel spielerisch in seine Oberschenkel.

In der Nacht ist es heiß. Dante schläft kaum. Um nicht von den Mücken gestochen zu werden, hat sie die Decke über den Kopf gezogen. Als sie merkt, daß Licht gemacht wird, zieht sie die Decke weg. Gabriel steht auf dem Bett, hat eine zusammengerollte Zeitung in der Hand und versucht, Stechmücken damit zu erschlagen. Er flucht laut.

Ich werde mich bei der Hauswirtin beschweren, ruft er.

Beruhige dich, sagt Dante.

Am nächsten Tag mieten sie ein Motorrad und fahren die Küste entlang, auf der Suche nach einem ruhigen Platz am Strand. Sie halten über einer kleinen weißen Bucht. Dante steigt ab, stellt die Kamera auf einen Felsblock am Straßenrand und drückt auf den Selbstauslöser. Dann läuft sie zum Motorrad zurück, setzt sich hinter Gabriel, umfängt ihn mit den Armen von hinten und legt den Kopf auf seinen Rücken.

Ich friere uns ein. Ich friere unser Glück ein.

Sie steigen zum Meer hinunter, bahnen sich vorsichtig einen Weg durch niedriges Dorngesträuch hindurch. Auf halbem Wege stellt sich Dante in den Schatten eines Johannisbrotbaumes. Die Bucht sieht nicht mehr ganz so weiß aus. Sie klettern weiter, bis sie den Strand erreicht haben, und legen eine Decke auf die groben grauen Kiesel. Die Flut hat Seegras angeschwemmt, das in der Sonne trocknet und faulig riecht. Schwarze Teerflecken säumen den Wasserrand. An einer durch Felsblöcke vor dem Wind geschützten Stelle sind die Überreste eines Feuers und einer Mahlzeit zu sehen. Mitten auf dem Strand liegt eine eingedrückte rote Coladose. Nirgends ist ein Mensch.

Sie breiten ihre Decke aus und gehen ins Meer. Ihre Sohlen spüren weiche Pflanzen, glatte Steine, die Stacheln der Seeigel. Dante setzt die Taucherbrille auf und schwimmt ein Stück die Küste entlang. Nach etwa hundert Metern wird der Strand felsig, das Meer tiefer. Dante verliert den Boden unter den Füßen. Sie taucht und gleitet an den Felsen vorüber. Sie fährt mit den Fingern über die grünschwarze, mit Pflanzen bedeckte Oberfläche der Felsen. Die Pflanzen wiegen sich langsam hin und her. Dante spürt ihre federartige Zartheit und Weichheit. Sie drückt sich an die Felsen, tastet sich an ihnen entlang und dringt in kleine schwarze Buchten und Grotten ein. Fische huschen an ihrer Taucherbrille vorüber. Sie taucht tiefer, das Wasser wird schwärzer und kälter. Plötzlich befindet sie sich unter einem überhängenden Felsen. Sie erschrickt und versucht an die Wasseroberfläche zu schwimmen, stößt aber mit dem Kopf an das Gestein, bevor sie sie erreicht. Die Luft wird knapp. In panischer Blindheit schwimmt sie umher. Schließlich erreicht sie die Oberfläche, schießt aus dem Wasser und reißt den Mund auf, um Luft einzusaugen. Sie greift nach einer vorspringenden Klippe und hält sich mit kalten weißen Fingern daran fest. Langsam findet sie ihren Atemrhythmus wieder. Sie zieht sich auf die Klippe und legt sich auf einen warmen, glatten, windgeschützten Stein. Der Stein verläuft schräg nach unten, und ihre Füße werden vom Wasser leicht umspült. Sie blickt in die Sonne und schließt die Augen. Hinter geschlossenen Lidern betrachtet sie eine rote, von feinen, durchsichtigen Bläschen wie von Pantoffeltierchen durchzogene Fläche.

Bilder aus Gabriels Vergangenheit steigen auf, aus der Zeit, als sie ihn nicht gekannt hat. Er geht mit dem Mädchen durch einen Park in einer Großstadt. Das Mädchen hat langes dunkles Haar und trägt einen Korb mit Essen. Es bleibt stehen, blickt zu ihm auf, lächelt und zieht ihn sanft in ein Gebüsch.

Dante sieht den schlanken, langhaarigen, achtzehnjährigen Gabriel neben dem Lenker eines Autos. Der Mann hat schütteres blondes Haar und trägt einen taubengrauen Anzug. Er blickt kurz auf Gabriels Profil und legt ihm die Hand zwischen die Beine. Dann sieht sie, wie er anhält und Gabriel aus dem Auto stößt. In der Dunkelheit kriecht Gabriel an den Straßenrand. Gelbe Scheinwerfer kommen näher, beleuchten seine Waden und verschwinden. Gleich darauf befindet sich Gabriel auf einem Friedhof. Zwischen zwei Gräbern rollt er seinen Schlafsack aus, schlüpft hinein und weint sich in den Schlaf.

Dante spürt, wie jemand ihre Füße ergreift und sie nach unten zieht. Sie schreit auf. Bevor sie ins Wasser gleitet, läßt Gabriel sie los, zieht sich aus dem Wasser und legt sich neben sie.

Da bist du ja, sagt er.

Er beugt sich über ihr Gesicht und schüttelt seine nassen, glitzernden Haare. Sie schlägt um sich, und er lacht und hält ihre Arme fest. Dann hört er zu lachen auf und küßt die Vertiefung unter ihrem Hals. Sie biegt den Kopf zurück und streckt die Zehen.

So warm bist du, sagt er und gibt ihre Arme frei. Sie liegt ruhig, während er ihr die Träger des Badeanzugs über die Schultern streift.

Gemeinsam schwimmen sie zum Sandstrand zurück. Ein paar Meter von ihrer Decke entfernt sitzen zwei nackte Mädchen. Ihre Haut ist sehr weiß, ihre Haare sind hellblond. Sie unterhalten sich in einer Sprache, die Dante nicht versteht. Sie schützen sich nicht vor der Sonne. Dante legt sich auf den Bauch, setzt ihre Sonnenbrille auf und betrachtet die Mädchen lange.

Schöne Mädchen. Frühstück im Grünen. Paßt auf. Die Männer in den schwarzen Anzügen sind näher, als ihr glaubt. Paßt auf. Niemand wird euch schützen. Laßt sie nicht an eure Haut. Die brandschatzenden Blicke. Auch die Sonne nicht. Nachts werdet ihr euch vor Hitze in den Betten wälzen.

Diese Haut, sagt Gabriel. Es könnten Holländerinnen sein. Als kämen sie aus einem Pensionat.

War ihre Haut auch so, fragt Dante. So zart.

Gabriel seufzt, steht auf und geht den Strand entlang, die Füße im warmen Wasser, bis sie ihn aus den Augen verliert. Dante legt das Gesicht auf die Decke.

Sie sieht, wie Gabriel sich in einem weißen Hemd mit dem langhaarigen dunklen Mädchen auf eine von Gebüsch gesäumte Wiese setzt. Der Wind fährt durch die Sträucher. Gabriel greift in den Korb mit dem Essen, öffnet zwei rote Coladosen und reicht eine dem Mädchen. Dann legt er seinen Kopf in ihren Schoß. Das Mädchen sitzt aufrecht und rührt sich nicht.

Dante steht auf und geht mit tief gebeugtem Rücken über den Sand. Sie sucht ungewöhnliche Steine. Die beiden nackten Mädchen sprechen miteinander und beachten sie nicht. Sie findet einen größeren Stein, durch den ein Loch geht. Es gibt ein Tier, das Löcher in Steine bohrt. Mit einer Handvoll Steinen kehrt sie zur Decke zurück.

Gabriel ist wiedergekommen und dreht und wendet die Steine in der Hand. Er nimmt einen Stift aus Dantes Handtasche und beginnt die Steine zu bemalen. Er bringt hier und dort einen kurzen Strich an, um ihre Form zu betonen. Ein Schuh, eine Muschel, ein Paket. Dante sieht die veränderten Steine an und geht mit ihnen zu einer die Bucht begrenzenden, etwa drei Meter hohen Felswand. Dort bleibt sie stehen und stellt langsam einen Stein nach dem anderen in die kleinen Nischen in der Wand. Gabriel folgt ihr und betrachtet das Werk mit auf die Hüften gestützten Händen.

Wir lassen sie hier, sagt er. Es ist unser Museum. Die anderen werden kommen und es sich ansehen. Moderne Steine.

Den Schuh nehme ich mit, sagt Dante.

Am späten Nachmittag gehen sie zu einer Kapelle auf der Kuppe eines Hügels. Ein Mönch kehrt mit einem Besen den Lehmboden. Auf dem Altar stehen Olivenölflaschen, gefüllt mit Lampenöl.

Dante legt sich auf die schmale, außen um die Kapelle verlaufende Bank und zieht die Knie an. Gabriel tritt mit dem Fotoapparat zu ihr und beugt sich über sie. Als er auf den Auslöser drückt, bedeckt Dante mit der Hand ihre Augen.

Laß das, sagt sie. Du weißt, daß ich das nicht mag.

Gabriel setzt sich zu Dantes Füßen.

Warum hast du mich geheiratet, fragt er.

Um dich zu quälen, sagt Dante lächelnd. Damit du mich wieder verläßt. Damit du mich nie vergißt.

Schlange, sagt er.

Sie gehen den Hügel hinunter, durch Weinkulturen mit niedrigen, sich am Boden windenden Rebstöcken und über die weißen Treppen der Stadt. Sie setzen sich an einen Tisch auf dem Platz vor einem Café, in dessen Mitte eine große Platane steht. Das Café heißt Platanos. Die Kellnerin ist Engländerin. Als sie den Kaffee serviert, lächelt sie Gabriel an. Er nimmt eine Serviette und beginnt darauf zu zeichnen.

Was zeichnest du, fragt Dante.

Den Kopf der Kellnerin.

Sie ist kalt, sagt Dante.

Nein, sagt Gabriel.

Hör auf zu zeichnen.

Nein, sagt Gabriel und zeichnet auf dem Papiertischtuch weiter.

Die beiden Dänen setzen sich an einen Nebentisch und winken ihnen zu.

Ich gehe jetzt, sagt Dante und steht auf.

Im Morgengrauen erwacht Dante. Durch die offene Balkontür hört sie das Krähen eines Hahns. Neben ihr schläft Gabriel, den Kopf von ihr abgewandt. Sie steht auf und geht auf den Balkon. Die Aussicht auf den Krater ist durch einen feinen, hellgrauen Dunstschleier erschwert.

Das Glück. Wie traurig. Das dunkelhaarige Mädchen. Es schenkt Gabriel ein Foto, dann geht es. Gabriel tritt in eine Telefonzelle und ruft das Mädchen an. Er läßt es zwanzigmal läuten. Niemand meldet sich. Gabriel geht durch den Stadtpark von Brüssel. Er setzt sich auf eine Bank und zieht seine Turnschuhe aus.

Dante geht ins Zimmer zurück und legt sich wieder neben Gabriel. Er dreht sich im Schlaf um und zieht sie an sich.

Wie war ihr Name, flüstert sie.
Gabriel wacht auf.
Was ist, fragt er.
Wie war ihr Name.
Gabriel läßt sie los, sitzt mit gekrümmtem Rücken auf dem Bett und reißt die Augen auf.
Laß mich schlafen.
Den Vornamen, sagt Dante.
Gabriel ballt die Hände vor dem Gesicht zur Faust. Dann holt er mit dem rechten Arm aus und schlägt mit den weißen Knöcheln an die Wand. Als er sie zurückzieht, sind die Knöchel blutig.

Dante fährt allein mit dem Bus zum Strand. Nach längerem Suchen findet sie dieselbe Stelle wie tags zuvor. Die beiden nackten Mädchen sind nicht dort. Dante zieht sich aus und legt sich auf die Decke. Sie setzt den Walkman auf. In a play/Where the actors die. Die Sonne scheint heiß auf ihren Bauch. Das nahe Gesträuch duftet. Sie schrickt auf, als ihr jemand von hinten die Hand auf die Augen legt. Sie schlägt die Hand weg und setzt sich auf. Es ist einer der beiden Dänen. Er trägt eine rote Badehose. Sie nimmt den Walkman ab.
Wo ist Ihr Mann, fragt er. Was schauen Sie so.
Er ist im Zimmer geblieben. Er verträgt die Hitze nicht, sagt Dante.
Ich habe die Hitze gern, sagt der Däne und spielt mit dem Fotoapparat, der neben der Decke liegt.
Ich auch, sagt Dante.
Ein Flugzeug fliegt über sie hinweg. Der Däne blickt durch das Objektiv auf sie und drückt ab.
Was machen Sie da. Lassen Sie das, sagt Dante.
Der Däne lacht.

Ich habe Sie mit dem Flugzeug über Ihrem Kopf fotografiert, sagt er. Es wird ein interessantes Foto.

Legen Sie den Fotoapparat hin, sagt Dante.

Der Däne kommt der Aufforderung nach und blickt sie an. Sie schweigen. Als ein zweites Flugzeug hinter Dantes Kopf auftaucht, nimmt er den Apparat schnell an sich und drückt nochmals auf den Auslöser.

Die gleiche Frau, aber ein anderes Flugzeug, sagt er.

Dante zieht die Knie an die Brust und verschränkt die Arme.

Man macht so etwas nicht, sagt sie.

Der Däne legt den Fotoapparat nicht aus der Hand.

Warum verstecken Sie Ihren Körper, fragt er. Sie sind sehr schön. Sie können es sich erlauben, aufrecht dazusitzen.

Ein drittes Flugzeug steigt hinter Dante in den Himmel, und wieder macht der Däne ein Foto.

Es ist eine Serie, sagt er. Frau mit drei Flugzeugen. Sie müssen die Fotos untereinander an der Wand befestigen. Unbedingt.

Er steht auf. Dante stützt sich mit den Händen auf der Decke ab und blickt mit durchgedrücktem Rücken zu ihm hoch. Blitzschnell greift er mit den Händen nach ihren Brüsten und berührt sie leicht. Dann läuft er ins Meer und schwimmt davon.

Dante steht auf und blickt dem Dänen nach. Dann geht sie zum Wasser und sieht den Einsiedlerkrebsen zu. Sie hebt eines der Tiere auf, das sich sofort in sein Haus zurückzieht. Sie setzt sich mit ausgestreckten Beinen ins seichte Wasser und läßt sich von den Wellen sanft vor- und zurückschaukeln. Sie schaut auf den Teil ihres Körpers, der sich unter Wasser befindet. Er wirkt weiß und verkürzt.

Das dunkelhaarige Mädchen ist unbesiegbar. Es ist

eingegossen in die Vergangenheit wie in durchsichtiges Baumharz.

Dante geht zur Decke zurück und setzt den Walkman wieder auf. Sie legt sich auf den Rücken. In a plane/ Going to Helsinki. Als etwas Kaltes ihren Bauch berührt, schreit sie leise auf. Sie öffnet die Augen und sieht, daß der Däne zurückgekommen ist und ihr einen nassen kalten Stein aufgelegt hat.

Bleiben Sie liegen, sagt er lächelnd. Ich habe noch mehr Steine in meiner Hand. Es ist ein interessantes Gefühl, nicht wahr.

Dante verhält sich ruhig, während der Däne ihr weiter kleine Steine auf den Bauch legt. Sie spürt, wie sich ihre Bauchdecke durch das Gewicht senkt.

Ich mache ein Muster, sagt der Däne. Ein Kreuz. Ein Kreuz auf Ihrem Bauch. Ein Kreis auf Ihrem Sonnengeflecht. Interessant. Halten Sie still.

Der Däne konzentriert sich auf seine Tätigkeit, wählt genau aus, entscheidet sich für bestimmte Steine. Langsam trocknen die Steine auf Dantes Haut. Sie genießt das Gefühl und merkt, daß sie benommen wird. Mit einem Ruck erhebt sie sich, so daß die Steine von ihr abfallen.

Was machen Sie da, ruft der Däne. Sie zerstören mein Kunstwerk.

Ich gehe jetzt, sagt sie und schlüpft in ihr leichtes Sommerkleid.

Vor dem Haus sitzt Gabriel mit der Zimmerwirtin und trinkt Likör aus einem dicken, giftgrünen Glas.

Wo warst du, fragt er.

Am Strand, sagt Dante. Ich war ganz allein.

Die Zimmerwirtin bedeutet Dante, Platz zu nehmen, und stellt ein Glas für sie hin. Eine Unterhaltung ist nicht möglich, da sie nur Griechisch spricht. So schweigen sie und lächeln einander an. Die Zimmerwirtin hat das tragische Aussehen mancher Griechinnen.

Abends gehen Dante und Gabriel durch die Stadt. Gabriel hat den Arm um sie gelegt und verhält sich zärtlich. Sie betreten ein Geschäft, in dem Gabriel verschiedene Wollpullover anprobiert. Dante sieht zu, wie er sich vor dem Spiegel bewegt und wie die kleine Verkäuferin ihn hier und dort leicht berührt.

Aber ich ertrage das Glück nicht.

Er entscheidet sich für einen dicken, blauweiß gemusterten Pullover. Die Verkäuferin packt ihn in eine hellblaue, knisternde Plastiktüte, die Gabriel auf der Straße hin und her schwenkt.

Ich hätte nicht gedacht, daß ich einen solchen Pullover finden würde, sagt er. Er ist perfekt.

Im Café Platanos essen sie Lammfleisch auf kleinen Spießchen und geschabte Gurken mit Joghurt und Knoblauch. Dazu trinken sie Weißwein. Gabriels Gesicht ist leicht gerötet, er berührt Dantes Knie unter dem Tisch.

Gehen wir nach Hause, sagt er.

Sie gehen den Weg, der an der Steilwand entlangführt. Gabriel faßt sie an der Hand und zieht sie mit sich.

Komm, sagt er leise. Ich freue mich auf dich.

Dante sträubt sich.

Geh nicht so schnell, sagt sie.

Die Sonne ist untergegangen. Im Westen liegt ein violetter Schimmer über dem Himmel.

Dante bleibt stehen. Gabriel geht ein paar Schritte weiter und wendet sich dann zu ihr um.

Sag mir die Wahrheit, sagt sie. Du hast sie mehr geliebt. Wie war ihr Name. Sag mir die Wahrheit.

Gabriel steht reglos. Dann macht er eine weit ausholende Bewegung mit der rechten Hand und wirft die hellblaue Plastiktüte in einem hohen Bogen über die Steilwand. In der Luft fällt der Pullover aus der Tüte. Dante sieht, wie er weit unten auf einem Felsvorsprung auftrifft und weiterkollert, bis sein Fall zu Ende ist. Er erreicht das Wasser nicht und bleibt im Gestrüpp hängen. Als sie den Blick vom Pullover abwendet, ist Gabriel fort. Sie sieht ihn weit vor sich laufen, bis er hinter einer Biegung verschwindet.

Die andere Seite der Trauer

Es läutet an der Tür. Paula drückt auf den Knopf, der die Eingangstür öffnet, und geht ins Treppenhaus. Sie blickt über das schmiedeeiserne Geländer. Zunächst sieht sie nichts, doch sie hört Männerstimmen, kurze Befehle, ein Scharren, dumpfes Pochen. Die Treppe verläuft spiralförmig nach unten. Paula geht den Geräuschen entgegen, dem Schlurfen, Ächzen. Sie sieht die Klavierträger von oben. Die beiden tragen das Pianino mit Hilfe von Gurten. Einer, dessen Glatze zu ihr hinaufleuchtet, geht voraus, ein zweiter dahinter. Sie schwanken auf der Treppe, das Pianino neigt sich zur Seite. Auf dem Treppenabsatz angekommen, stellen sie das Klavier auf ein Brett mit Rädern und schieben es bis zum Anfang der Treppenflucht, die ins nächste Stockwerk führt. Paula läuft hinunter, begrüßt die Männer, die ihr mit gepreßter Stimme antworten, und geht neben ihnen her. Auf dem nächsten Treppenabsatz stellen sie das Klavier wieder auf das Brett. Der Mann mit der Glatze ist untersetzt und mindestens sechzig. Der zweite ist jünger, blond und schmächtig und lehnt sich an die Wand. Er wischt sich die Stirn. Paula sieht den älteren Mann an.

Warum müssen Menschen mit sechzig Klaviere tragen, denkt sie.

Menschenfleisch muß gepeinigt werden, sagt der jüngere Klavierträger wie zur Antwort und kichert. Paula blickt in sein Gesicht und sieht die Zerstörung.

Die beiden Männer kämpfen sich weiter die Treppe hoch. Paula macht die Wohnungstür weit auf.

Wohin, stößt der ältere hervor.

Sie weist ihnen den Weg zu dem Platz, den sie für das Klavier bestimmt hat. Dann geht sie in die Küche, öffnet zwei Flaschen Bier und bietet sie den Männern an, die die Flaschen stehend an die Lippen setzen und in langen Schlucken austrinken, während ihre Augen über die Gegenstände im Zimmer gleiten.

Sie unterschreibt den Lieferschein und gibt ihnen ein Trinkgeld. Im Gehen wendet sich der jüngere Mann um.

Elegant haben Sie es hier, sagt er und kichert wieder.

Paula schließt die Tür, geht zum Klavier, hebt den Deckel hoch und schlägt eine Taste an. Ein besonderer Klang, hat der blinde Klavierstimmer gesagt und an ihr vorbeigeblickt.

Sie streicht über das Holz, die Schnitzereien, die Stellen, wo das Furnier abgeblättert ist, zieht mit dem Finger eine kreisförmige dunkle Stelle an der Oberseite nach. Sie kennt das Klavier sehr genau. Zuletzt hat sie als Halbwüchsige darauf gespielt. Mit siebzehn Jahren hat sie das Spielen aufgegeben, da ihr der Klavierlehrer von Tag zu Tag abstoßender erschienen war.

Das Telefon läutet. Es ist die Mutter.

Haben sie das Pianino gebracht, fragt sie.

Ja, sagt Paula.

Ich habe ihnen gesagt, daß sie es sehr vorsichtig behandeln müssen. Ein solches Pianino ist heute nicht mehr zu haben. Es ist der Rahmen. Der Rahmen ist das Besondere. Ein gußeiserner Rahmen.

Es ist alles in Ordnung, sagt Paula.

Ich bin einsam, seit du fort bist, sagt die Mutter. Wann kommst du. Ich bin so einsam.

Ich bin auch einsam, sagt Paula.

Wann kommst du, fragt die Mutter wieder. Wenn du nicht kommst, bin ich traurig.

Paula schweigt.

Andere kümmern sich um ihre Mütter. Wann kommst du endlich. Seit du fort bist, nehme ich wieder die Tabletten. Ohne Tabletten kann ich nicht einschlafen.

Am Freitag, sagt Paula. Am Freitag komme ich. Mit dem Abendzug.

Ja, sagt die Mutter. Andere kümmern sich mehr um ihre Mütter. Aber du warst schon immer so.

Ich muß auflegen, sagt Paula. Bis Freitag.

Paula sieht sich im Zimmer um. Das Klavier ist das einzige Möbelstück. Ein dunkelrotes Telefon steht auf dem Fußboden, das Kabel schlängelt sich über das Parkett. An einer Seite des Raumes sind große Kisten aufgereiht. Auf einer Kiste sitzt ein großer brauner Teddybär mit einem roten Stirnband. Paula geht ins angrenzende Zimmer. Auf dem Boden liegt eine Matratze, daneben stehen ein Wecker, eine halbvolle Flasche Rotwein und ein Glas. Ein weißer Kachelofen füllt eine Ecke aus.

Paula schenkt sich Rotwein ein und geht mit dem Glas in die Küche. Die neuen Einbaumöbel strömen einen fremden Geruch aus. Auf dem Kühlschrank klebt ein grünes Etikett mit dem Wort ÖKOSYSTEM. Den Küchenboden bedecken hellgraue Fliesen.

Paula hat die erste Nacht in der neuen Wohnung verbracht. Sie hat sich vorgenommen, sich an das zu erinnern, was sie träumen wird. Sie hat von einem Kind geträumt, das vor ihren Augen in Flammen aufging und lichterloh brannte. Sie war entsetzt, doch dann sah sie, daß das Kind keinen Schaden genommen hatte, daß es heil, mit wenigen kleinen Schrammen, aus dem Feuer hervorgegangen war. Sie schloß es in die Arme.

Paula stellt das Glas ab, durchsucht eine Kiste, findet Notenhefte und geht zum Klavier zurück. Sie klappt den geschnitzten Notenständer auf, blättert eine Weile in einem Heft und stellt es auf den Ständer. Stehend spielt sie ein Bach-Präludium, das ihr noch in Erinnerung ist.

Plötzlich steht das kleine Mädchen im Zimmer.

Du mußt dich beim Spielen hinsetzen, sagt es.

Wie bist du hereingekommen, fragt Paula. Gleichzeitig fällt ihr die Antwort ein. Eine Tür des Zimmers führt auf einen langen Balkon, den man auch von der Nachbarwohnung aus betreten kann. Ein niedriges Gitter teilt ihn in zwei Teile.

Ich bin über das Gitter geklettert, sagt das Mädchen. Sieh mal.

An der Hand zieht sie Paula auf den Balkon und weist auf das Gitter.

Es ist ganz einfach. Wohnst du jetzt hier.

Ja, sagt Paula, nimmt zwei hölzerne Klappsessel, die an das Balkongitter gelehnt sind, und stellt sie auf. Das Mädchen setzt sich auf einen Sessel und läßt die Beine baumeln.

Vorher hat hier ein Ehepaar gewohnt, sagt sie. Der Mann hat in der Nacht gehustet. Die Frau hat rote Blumen auf dem Balkon gepflanzt. Sie hat mir manchmal Kekse gegeben. Hast du welche.

Ich kann nachsehen, sagt Paula, geht in die Wohnung und kommt mit einer Dose zurück. Das Mädchen dreht eine leere Kiste um und stellt sie zwischen die beiden Sessel.

Wir stellen die Dose auf die Kiste, sagt sie. Wir machen ein Teekränzchen.

Das Mädchen stellt die Dose auf die Kiste, öffnet sie und blickt hinein.

Die kenne ich, sagt sie. Kann ich eines haben. Wie heißt du.

Ja, sagt Paula. Ich heiße Paula. Und du.

Friederike, sagt das Mädchen. Meine Mutter arbeitet. Sie kommt aber bald. Warte.

Sie steigt über das Gitter und verschwindet in der Nachbarwohnung. Gleich darauf kommt sie mit einem kleinen Tablett zurück, auf dem zwei Mokkatassen mit Goldrand, zwei kleine Untertassen mit zwei Löffelchen und ein Milchkrug stehen, und stellt es auf die Kiste.

Hast du Tee, fragt sie.

Ich glaube nicht, sagt Paula. Ich bin gerade erst eingezogen, weißt du.

Ja, ich weiß, sagt Friederike. Ich habe die Möbelpakker durch den Spion gesehen. Hast du was anderes.

Apfelsaft, sagt Paula. Und Milch.

Das geht, sagt Friederike. Holst du die Sachen.

Paula nimmt einen Karton Apfelsaft und eine Flasche Milch aus dem Kühlschrank, geht wieder auf den Balkon und stellt beides auf die Kiste. Friederike gießt Apfelsaft in die Mokkatassen. Dann leert sie die Milch in den Krug. Sie gießt ein wenig davon in ihren Apfelsaft und kostet.

Das schmeckt gut, sagt sie. Jetzt haben wir ein Teekränzchen. Willst du auch Milch in deinen Apfelsaft.

Nein danke, sagt Paula. Wie alt bist du.

Friederike greift in die Dose.

Fünf, sagt sie. Am Sonntag fahren wir nach Dresden. Zu meinem Onkel. Ich kann schon schreiben. Darf ich auf dem Klavier spielen.

Ohne eine Antwort abzuwarten, nimmt sie den Klappsessel und stellt ihn vor das Klavier. Vorsichtig drückt sie die Tasten nieder.

Man darf nicht so laut spielen, flüstert sie. Wozu sind die hier, fragt sie und zeigt auf die Pedale.

Wenn man darauf tritt, werden die Töne länger, sagt Paula. Versuch es doch.

Friederike rutscht auf dem Sessel nach vorn, tritt sacht auf beide Pedalen und wählt die Tasten sorgfältig aus.

Das klingt schön, sagt sie. Da vermischen sich die Töne. Wie in einem Zauberwald. Die Elfen spielen so.

Konzentriert spielt sie weiter. Paula steht mit der Mokkatasse in der Hand am Fenster und sieht dem Kind zu. Das Mädchen hat halblanges, glattes blondes Haar. Sie trägt einen kurzen geblümten Rock. Ihre Beine sind lang und dünn, die Knie unverhältnismäßig groß. Sie trägt ein T-Shirt mit dem Abdruck vieler kleiner Hände.

Ich muß jetzt gehen, sagt Paula. Ich muß ins Büro.

Schade, sagt Friederike und hört zu spielen auf. Meine Mutter muß auch immer ins Büro. Kann ich wiederkommen. Wir machen noch ein Teekränzchen. Ich kann das Geschirr mitbringen. Das Porzellan.

Ja, das machen wir, sagt Paula.

Friederike geht auf den Balkon, stellt ihre Sachen auf das Tablett, steigt über das Gitter und verschwindet.

Paula läuft den Bahnsteig entlang, reißt eine der bereits geschlossenen Zugtüren auf, wirft ihre Reisetasche hinein und steigt ein. Der Zug setzt sich in Bewegung. Mit der Reisetasche vor sich zwängt sie sich durch die engen Gänge des Zuges, in denen sich viele Reisende aufhalten. Sie gelangt in den Speisewagen und beschließt, sich hier niederzulassen und einen Kaffee zu trinken. Sie setzt sich an einen Tisch, an dem ein Mann sitzt, der in einem Buch liest, gibt ihre Bestellung auf und blickt aus dem Fenster. Von Zeit zu Zeit lacht der lesende Mann leise. Hinter ihr sitzen drei lärmende Betrunkene.

Ich sag dir was, hört sie einen von ihnen sagen. Ich sag dir jetzt was. Die Frau muß wissen, wer der Herr im Haus ist. Das ist das wichtigste.

Der Zug hat die Stadt hinter sich gelassen und durchquert eine weite Ebene. Maisfelder reichen bis an den Horizont. Paula trinkt einen Schluck von ihrem Kaffee.

Fahre ich in die falsche Richtung. Wohin führt die richtige Richtung. Führt die richtige Richtung von der Mutter weg. Muß die Mutter immer kleiner werden. Ist es genug, wenn sie mir aus der Ferne zuwinkt.

Ein köstliches Buch, sagt der lesende Mann. Endlich wieder ein Buch, das einen zum Lachen bringt. Das ist so selten. Es geht um diesen jungen Mann, der auf der Suche nach seinem Vater ist, wissen Sie.

Ach so, sagt Paula.

Die Strecke steigt langsam an. Bald befindet sich der Zug weit über dem Tal. Wie Zündholzschachteln liegen kleine Heuschober auf den grünen Wiesen unter ihnen. Der Zug fährt in einen Tunnel. Paula sieht sich in der Fensterscheibe widergespiegelt.

Mein trauriges Gesicht. Die Augen.

Der Zug fährt wieder aus dem Tunnel und über eine hohe Eisenbrücke. Unten fließt ein schäumender Bach.

Der Witz ist, sagt der Lesende, daß mindestens fünf Männer als Vater in Frage kommen. Seine Mutter führte nämlich ein lustiges Leben.

Ich verstehe, sagt Paula.

Lustiges Leben. Ich bin vierzig. Mein Leben ist nicht lustig. Ich bin nicht lebenslustig. Meine Mutter ist auch nicht lebenslustig.

Auf einer Anhöhe steht eine Burg aus grauem Stein. Der Zug hat die höchste Erhebung erreicht, die Strecke wird abschüssig. Der Lesende klappt sein Buch zu, grüßt freundlich und geht. Paula bezahlt ihren Kaffee. Sie blättert in einer Tageszeitung, die auf dem Tisch liegengeblieben ist. GAST KRITISIERTE DAS ESSEN, steht auf der ersten Seite. DA GRIFF DER KOCH ZUR PISTOLE. Sie macht sich zum Aussteigen bereit. Der Zug hält mit kreischenden Bremsen.

Will ich aussteigen. Oder will ich an ihr vorüberfahren.

Paula steigt aus und schlägt den kurzen Weg zum Elternhaus ein. Die Mutter steht vor der Haustür. Sie hat sich hübsch gekleidet und frisiert. Paula umarmt sie.

Sie wird immer kleiner. Immer weicher. Die Haut wird immer dünner.

Du mußt etwas essen, sagt die Mutter. Ich habe für dich gekocht. Obwohl mich das Stehen vor dem Herd anstrengt. Ich habe mir den Knöchel verletzt. Gestern. Ich bin im Garten umgeknickt.

Ich bin nicht hungrig, sagt Paula. Ich habe im Speisewagen etwas gegessen.

Aber ich habe für dich gekocht, beharrt die Mutter. Du siehst schlecht aus. Der Speisewagen ist viel zu teuer. Du mußt essen.

Sie wendet sich zum Herd. Paula sieht sie von hinten, die hartnäckige Haltung der Schultern.

Das Mitleid und die Liebe und die Wut. Es gibt keinen Ausweg aus diesem Gefühl.

Am Nachmittag machen sie einen Spaziergang zum Grab des Vaters. Leute begrüßen sie auf der Straße, fragen sie, wie es ihr in der Stadt gefällt, ob ihr denn das Dorf nicht fehle, in dem sie so lange gelebt hat, das Elternhaus, die Mutter. Sie gibt zur Antwort, was sie hören wollen.

Ja, sagt sie. Man hat Heimweh.

Sie sieht ihre leere weiße Wohnung vor sich. Das Mädchen, das mit abgestrecktem kleinem Finger die durchsichtige Mokkatasse mit dem Goldrand hält. Sie streckt sich im Gehen und lacht die Mutter an.

Ja, sagt sie, man hat Heimweh. Was für ein schöner Tag, sagt sie. Dieser klare Himmel.

Ja, aber die Wespen, sagt die Mutter. Die Wespen. Und das Wetter wird nicht anhalten. Es wird regnen.

Sie gehen ein Stück unter Birnbäumen. Der Geruch nach gärenden Früchten aus der Kinderzeit.

Hier hat sie mich eingeholt, an dieser Stelle. Ich war zwei, drei Jahre alt, hatte mich mit dem Dreirad zu weit vom Haus entfernt. Ihre Wut, das ist die andere Seite der Trauer.

Eine Weile schweigen die beiden Frauen. Paula hebt den Kopf und sieht von neuem das Bild des Mädchens, wie es behutsam die Tasten anschlägt. Sie lächelt wieder.

Ich habe viel Platz in der neuen Wohnung, sagt sie.

Du brauchst nicht so viel Platz, sagt die Mutter. Andere Töchter wohnen zu Hause.

Eine Freude steigt in Paula auf.

Ich kann von einem Zimmer ins andere gehen, sagt sie fröhlich. Die Fenster sind groß. Ein kleines Mädchen hat mich besucht.

Man weiß nie bei fremden Leuten, sagt die Mutter. Du könntest längst Kinder haben. Wo sind meine Enkel. Ich könnte fünf Enkel haben.

Sie hängt sich bei Paula ein.

Paula schiebt den Arm der Mutter weg.

Du kannst allein gehen, sagt sie.

Sie betreten den kleinen Friedhof und gehen durch die Reihen der Gräber. Viele Namen wiederholen sich. Die Gräber sind in pedantischer Weise gepflegt.

Schau dir dieses Grab an, sagt die Mutter und weist auf ein Grab, auf dem Gras wuchert. Eine Schande. Wenn das ihr Mann sehen könnte. So lange hat er gelitten. Und sie glaubt, sie kann tun und lassen, was sie will.

Aber es ist vier Jahre her, sagt Paula.

Dein Vater ist seit sieben Jahren tot, sagt die Mutter. Man muß die Toten ehren.

Und die Lebenden. Was ist mit den Lebenden. Sie stieß ihn von sich. Geh weg, sagte sie. Ihre Nörgelei. Ihre Herrschsucht. Ihre Szenen. Über Jahrzehnte hinweg. Kein Fortschritt. Und nun die unmäßige Trauer. Die neue Pflicht. Die ständigen Friedhofsbesuche.

Paula blickt auf das Bild des Vaters und beruhigt sich. Mit gefalteten Händen steht sie eine Weile vor dem Grab.

Die Mutter zupft Unkraut aus, harkt die Erde, gießt die Blumen und stellt eine neue Kerze in die Grablaterne.

Gehen wir, sagt Paula.

Am Abend sitzt die Mutter vor dem Fernsehapparat und sieht sich die Nachrichten an. Paula liest in der Küche die Zeitung.

Komm, sieh dir das an, ruft die Mutter.

Was ist denn.

Ein Brand in einem Tanzlokal in Madrid. Komm doch.

Ich lese gerade.

Schrecklich. All die verkohlten Leichen. Sie tragen sie hinaus. Komm und sieh es dir an.

Gleich.

Alles junge Leute, in deinem Alter.

Paula hebt den Kopf von der Zeitung und blickt in eine Ecke der Küche. In diese Ecke hat sie sich oft geflüchtet, wenn die Mutter hinter ihr her war. Sie hat sich in den Zwischenraum zwischen dem Kühlschrank und dem Diwan gedrückt, der damals dort stand. Weiter ging es nicht. Sie stand und wartete auf die Mutter, die mit verzerrtem Gesicht näher kam. Der Blick in die Ecke zeigt ihr die roten und blauen Striemen auf der dünnen Kinderhaut wieder, beschwört den Schauer herauf, den sie empfand, wenn sie leicht über die gänsehautartigen Erhebungen strich, um sich zu trösten. Viel später hat sie die Mutter zur Rede gestellt. Die Mutter sagte: Wenn man seine Kinder liebt, dann schlägt man sie, so hat man es mir beigebracht. Für Paula ist es nur ein Teil der Wahrheit. Das Kind spürte, wie die Mutter das Schlagen genoß. Danach war sie erschöpft und entspannt. Das Kind war als Opfer in die Orgie einbezogen.

Die Mutter steht im blauen Schlafrock in der Tür.

Willst du einen Martini, fragt sie.

Ja, sagt Paula und löst sich von den Bildern.

Die Mutter nimmt zwei Gläser, füllt sie bis zur Hälfte mit Eiswürfeln, gießt Martini ein, schneidet zwei Scheiben von einer Zitrone ab, macht einen Schnitt in jede Scheibe und steckt sie auf den Rand des Glases.

Ich trage die Gläser auf den Balkon, sagt sie. Es ist warm draußen.

Paula folgt ihr und setzt sich in einen Korbsessel. Der Mond steht am Himmel, die Fichte vor dem Haus ragt dunkel in die Höhe. Weiter unten liegt der See. Am anderen Ufer glänzen Lichter.

Warum bist du weggegangen, fragt die Mutter. Vierzig Jahre hast du hier gelebt.

Eben deshalb, sagt Paula. Man muß sich verändern.

Sie sieht die Mutter von der Seite an.

Sie hat ein Kind nach ihrem Willen formen wollen. Ist es ihr gelungen.

Eine Wohnung ist teuer. Hier könntest du weiter umsonst wohnen, sagt die Mutter. Wir könnten es schön haben.

Paula lacht.

Ich denke nicht daran, sagt sie.

Der Tonfall der Mutter ändert sich.

Dein Trotz. Immer warst du störrisch. Immer hast du die Wäsche falsch aufgehängt. Ich habe es dir gesagt, und du hast die Wäsche absichtlich verkehrt aufgehängt. Du warst ein störrisches Kind. Aber ich habe es nicht zugelassen. Wenn du Kinder hättest, wüßtest du, wie schwer es ist, Kinder zu erziehen. Aber du hast ja keine. Andere Frauen in meinem Alter haben zehn Enkel.

Paula hört sich langsam reden.

Deinetwegen habe ich keine Kinder.

Was redest du da, ruft die Mutter.

Als ob du das nicht wüßtest, sagt Paula. Als ob du das nicht wüßtest.

Wenn dich dein Vater hören würde, sagt die Mutter. Er würde sich im Grabe umdrehen.

Paula hört sich leise reden.

Er müßte nicht tot sein.

Die Mutter ist aufgestanden. Sie holt mit der rechten Hand aus und schlägt Paula zweimal hart ins Gesicht.

Ich werde es dir geben, flüstert sie. Kinder haben zu gehorchen. Solange ich lebe, gehorchst du.

Am nächsten Morgen fährt Paula ab. Bevor sie geht, fällt ihr Blick auf die Familienfotos, die gerahmt an der Wand des größten Zimmers hängen. Aus einem Klassenfoto schaut ihr die Mutter als kleines Mädchen entgegen. Sie hat halblanges, glattes blondes Haar. Sie trägt eine weiße Schürze mit Rüschen. Ihre Beine sind lang und dünn, die Knie unverhältnismäßig groß. Paula starrt das Kindergesicht an.

Das ist am Anfang gewesen. Eine Unschuld.

Es gibt nichts zu reden. Als Paula geht, steht die Mutter vor dem Haus. Bevor Paula um die Ecke biegt, blickt sie zurück, sieht den Rücken der Mutter, die sich entfernt, die trotzige Linie. Das Mitleid. Sie geht weiter. Es gibt nichts anderes zu tun.

Im Zug versucht sie zu schlafen. Im Dahindämmern steigen Bilder auf. Die Mutter und sie nebeneinander, ununterscheidbare Zwillinge, dunkle Augen voll Trauer, die Mutter und sie an einem schwarzen Gewässer. In einer weiten Krinoline schreitet die Mutter feierlich ins Wasser, immer weiter hinaus, die Tochter ringt am Ufer die Hände. Die Mutter, außer sich auf sie einschlagend. Die Wut und die Trauer.

Entschuldigen Sie, haben Sie Feuer, fragt die junge Frau, die ihr gegenübersitzt.

Paula schüttelt den Kopf.

Es ist besser, nicht zu rauchen, sagt die Frau. Ich rauche, seit ich zehn bin. Ich habe einen Schatten auf der Lunge, sagt der Arzt.

Mit der unangezündeten Zigarette im Mund steht sie auf und geht auf die Suche nach jemandem, der ihr mit Zündhölzern oder einem Feuerzeug dienen kann.

Auf dem Weg zu ihrer Wohnung geht Paula an einem großen Musikaliengeschäft vorüber. Im Schaufenster steht ein glänzend schwarzes Pianino, davor ein ebenfalls schwarzer lackierter Klavierhocker. Sie tritt durch die Tür und stellt die Tasche ab. Ein junger Mann fragt sie nach ihren Wünschen.

Ich hätte gern einen Klavierhocker, sagt Paula.

Wir haben Klavierhocker nicht lagernd, gnädige Frau, sagt der Verkäufer.

Aber der Hocker im Schaufenster, sagt Paula.

Er ist unverkäuflich. Ein Schauexemplar. Ich zeige Ihnen einen Katalog. Sie können einen Hocker bestellen, wenn Sie wollen. Lieferfrist ein Monat.

Paula setzt sich an einen runden Tisch und blättert in einem Katalog. Sie entscheidet sich für einen einfachen Hocker aus schwarz gebeiztem Holz mit grüner Polsterung.

In ihrem Haus sperrt sie die erste Tür des alten schmiedeeisernen Aufzugs auf, schiebt die zweite Tür zurück, stellt die Tasche auf den kleinen Klappsessel und schließt beide Türen. Sie fallen mit einem hallenden Geräusch zu. Paula drückt den Messinghebel hinunter, auf dem DRITTER STOCK steht. Beim Hinauffahren blickt sie durch das Gitter. Ein Gefängnis. Ein Hochsicherheitstrakt. ABWÄRTSFAHREN VERBOTEN steht auf einem Emailschild an der Wand des Aufzugs.

Auf dem Gang begegnet Paula niemandem. Im Haus ist es sehr still. Als sie die Wohnung betritt, hat sie das Gefühl, ein ungebetener Gast zu sein. Sie packt die Tasche aus, duscht sich, zieht sich um, kocht Kaffee und geht mit der Schale ins große Zimmer. Der Klappstuhl steht noch immer vor dem Pianino. Darauf liegt ein ovaler Gegenstand. Paula tritt näher. Es muß ein Osterei aus Schokolade sein. Sie nimmt es in die Hand. ÜBERRASCHUNGSEI steht auf dem Stanniolpapier. Sie setzt sich auf den Klappstuhl und wickelt das Ei aus. Es läßt sich leicht in zwei Hälften teilen. Im Inneren findet sie einen orangen Plastikbehälter. Das Ei besteht außen aus dunkler Schokolade, das Innere ist mit weißer Schokolade ausgekleidet. Paula ißt eine Hälfte. Dann öffnet sie den Plastikbehälter. Kleine Plastik- und Papierteilchen fallen ihr entgegen. Sie legt die Teilchen nebeneinander auf den Klavierdeckel. Lange orange Vogelbeine. Ein oranger Schnabel. Sie beginnt die Teile zusammenzufügen. Ein großer Vogel. Ein schwarzweißer Plastikkörper. Flügel aus weißem Papier. Sie stellt den Vogel auf die Innenfläche der linken Hand. Ein Reiher. Ein Storch. Sie sieht den Vogel an und beginnt zu weinen, ohne ein Geräusch. Ihr Gesicht rötet sich, sie legt den Kopf auf den Klavierdeckel, die Schultern heben und senken sich.

Nach einer Weile steht sie auf, wählt ein Notenheft aus, schlägt es auf und legt es auf das Heft mit den Bachpräludien. Sie versucht, eines von Bartoks Kinderliedern zu spielen. In der leeren Wohnung hallen die Töne nach.

Sie vernimmt ein Geräusch und blickt sich um. Friederike drückt die Balkontür auf.

Ich habe dich spielen hören, sagt sie und stellt sich neben sie hin. Ach, du hast mein Ei schon aufgemacht. Kann ich den Rest haben.

Sie greift nach der Schokolade. Ihr Blick fällt auf den Vogel.

Schon wieder ein Storch, sagt sie. Ich habe schon drei. Ich muß die Überraschungseier woanders kaufen. Der Mann an der Ecke hat immer die gleichen Sachen drin. Den Storch, den rosaroten Panther mit dem Tennisschläger und das Segelboot. Du hast ein komisches Gesicht. Hast du geheult.

Ich habe mich sehr über dein Geschenk gefreut, sagt Paula. Ich habe aber nichts für dich.

Das macht nichts, sagt Friederike. Du kannst ein anderes Mal daran denken. Heute ist meine Mutter da. Sie hat gesagt, ich darf dich besuchen. Machen wir wieder ein Teekränzchen.

Ja, sagt Paula. Das wäre schön.

Ich hole das Porzellan, sagt Friederike und geht.

Paula schiebt die beiden Klappsessel zurecht und stellt

die Kiste auf. Dann holt sie die Keksdose, den Apfelsaft und die Milch.

Friederike kommt mit dem Tablett zurück, und sie setzen sich hin und essen und trinken.

Ich bekomme einen Klavierhocker, sagt Paula. Dann sitzen wir weicher, wenn wir spielen.

Das ist gut, sagt Friederike. Sie lächelt. Hast du einen Zettel und einen Bleistift. Ich schreib dir was.

Paula findet einen Schreibblock und einen Kugelschreiber und legt beides vor Friederike hin. Das Kind reißt einen Zettel ab, schützt ihn mit der Hand vor Paulas Blicken und schreibt. Dann faltet es den Zettel mehrmals zusammen und überreicht ihn ihr. Paula faltet ihn langsam auseinander und liest: DREI FON MIR DAS BRINGT EINEN ANDEREN.

Was heißt das, fragt sie.

Das Kind öffnet die Augen weit, zieht die Achseln hoch und die Mundwinkel hinunter. Es sagt nichts.

Darf ich ihn behalten, bittet Paula

Von mir aus, sagt Friederike. Ich kann dir noch andere Sachen schreiben.

Das Telefon läutet. Die Mutter ist am Apparat.

Ich mache mir Sorgen um dich, sagt sie. Du hast so schlecht ausgesehen gestern. Du solltest auf längere Zeit hierherkommen. Die Luft hier ist viel besser als in der Stadt. Es ist ein Kurort.

Es geht mir gut, sagt Paula. Es geht mir gut.

Dein Leben. Ach, dein Leben, fährt die Mutter fort. Vielleicht bist du krank. In deinem Alter muß man aufpassen.

Paula blickt durch das Fenster auf den hellen Kinderkopf, der über die Kiste gebeugt ist.

Ich bin nicht krank, sagt sie. Ich muß auflegen. Ich habe Besuch.

Besuch, sagt die Mutter. Man muß aufpassen. Vergiß nicht, abends die Kette vorzulegen. Ich muß Schlaftabletten nehmen. Wann kommst du.

Ich weiß nicht. Nicht so bald. Ich habe Besuch, sagt Paula, hängt auf und läuft zurück auf den Balkon.

Friederike reicht ihr einen neuen, winzig zusammengefalteten Zettel.

Ich hab dir noch was geschrieben, sagt sie.

Der böse Blick

Der Junge betrachtet die schwarze Frau, die ihm gegenüber im Liegewagenabteil sitzt. Sie hat die Augen geschlossen und scheint zu schlafen. Ihre Haare haben einen metallischen Glanz und sind zu vielen Zöpfchen geflochten. Ihr kurzer Rock gibt den Blick frei auf einen Teil ihrer umfangreichen violetten Oberschenkel. Die Knie sind auseinandergeklappt, der Mund ist offen.

Die schwarze Frau öffnet die Augen und blickt zum Fenster hinaus. Der Junge bemerkt an der Außenseite ihrer Augen je zwei etwa zwei Zentimeter lange, senkrechte bootförmige Male. Sie sind schwarzviolett, dunkler als die Haut. Wie die Einkerbung eines Messers in einem Baum, der inzwischen gewachsen ist, denkt er. Es müssen Narben von Schnittwunden sein.

Vor dem Fenster wird es immer dunkler. Man erkennt die Konturen hoher Berge. Der Zug fährt in einen Bahnhof ein. Die Tür des Abteils wird beiseite geschoben, und ein Mädchen mit einem großen roten Rucksack tritt ein. Sie nimmt den Rucksack ab und hebt ihn auf die Gepäckablage. Dann setzt sie sich neben die schwarze Frau und beginnt in einem Buch zu lesen.

Entschuldigen Sie, sagt der Junge auf englisch zu der schwarzen Frau. Darf ich Sie etwas fragen.

Die schwarze Frau lächelt und nickt.

Was sind diese Zeichen, sagt er und deutet auf die vernarbten Einschnitte.

Die Frau hört nicht auf zu lächeln, während sie spricht.

Es ist gegen den bösen Blick, sagt sie.

Was ist der böse Blick, fragt der Junge.

Er bringt Unglück, sagt die Frau. Wenn einen jemand mit dem bösen Blick ansieht, hat man Unglück, bis einen jemand davon befreit.

Wer hat Sie angesehen, fragt der Junge.

Ein Araber, sagt die Frau. Der böse Blick ist die Kunst der Araber.

Und wer hat Sie befreit, sagt er.

Ein alter Mann aus unserer Stadt. Er hat es mit dem Messer gemacht. Der böse Blick vergeht sehr schnell, wenn man es mit dem Messer macht. Ich habe kein Unglück mehr.

Das Mädchen hat während des Gesprächs aufgeblickt. Sie ist etwa sechzehn Jahre alt und hat halblanges dunkles Haar, eine blasse Haut und blaue Augen. Sie fährt sich mit der rechten Hand, die zart und schmal ist, an die Schläfe.

Wie unsere Madonna, sagt sie. Unsere Madonna sieht aus wie Sie.

Der Junge blickt das Mädchen an.

Sie muß so alt sein wie ich. Die Hand. Diese schöne Hand.

Welche Madonna, fragt er.

Wir haben eine Madonna in Polen, sagt das Mädchen. Sie hat meiner Mutter geholfen. Sie ist auch schwarz. Und sie hat die Zeichen. Aber nur am rechten Auge. Die Zeichen sind nicht von einem alten Mann. Sie sind von den Tataren. Die Tataren haben sie verletzt.

Die schwarze Frau blickt auf die Uhr, steht auf und nimmt ihre Tasche.

Auf Wiedersehen, sagt sie und verläßt das Abteil.

Das Mädchen setzt sich auf den Platz, der durch das Aussteigen der schwarzen Frau frei geworden ist. Dabei stoßen die Knie der beiden aneinander. Sie sehen sich an.

Ich bin aus Norwegen, sagt der Junge. Ich heiße Magnus. Wie heißt du.

Ich heiße Lidia, sagt das Mädchen. Lidia Potocka. Ich komme aus Warschau.

Der Liegewagenschaffner hat das Abteil für die Nacht vorbereitet. An jeder Wand sind zwei Betten angebracht. Lidia steigt über eine Leiter in ihr oben gelegenes Bett. Von unten sieht Magnus, wie sie ihren Pullover und ihre Jeans auszieht. Darunter trägt sie ein weißes Unterhemd mit dünnen Trägern und einen weißen Slip. Sie schlüpft unter die Decke.

Magnus zieht sich mit den Armen hoch und läßt sich bäuchlings auf das zweite obere Bett fallen. Aus seinem Rucksack, der hinter dem Kopfende des Bettes liegt, holt er einen Walkman. Er setzt den Kopfhörer auf, sucht eine Kassette und legt sie ein. Er schaltet den Walkman ein, schließt die Augen und bewegt den Kopf hin und her. Eine Weile hört er zu, dann nimmt er den Hörer vom Kopf und reicht ihn Lidia.

Hör dir das an, sagt er. Hör dir das an.

Lidia setzt sich im Bett auf, nimmt den Walkman aus Magnus' Hand und streift sich den Hörer über das Haar. Der Hörer schiebt ihr das Haar aus der Stirn wie ein Haarreif. Es gelingt ihr nicht, das Gerät einzuschalten. Magnus rückt an den äußeren Bettrand, greift mit seiner Hand über den Zwischenraum und drückt auf den Knopf. Dabei berührt er kurz ihre Hand, die den Walkman hält. Er sieht, daß sie an jedem Finger der Hand außer am Daumen einen schmalen Ring trägt. Er sieht das fein gerippte Muster ihres Unterhemdes. Er sieht ihre weiße, breite, hohe Stirn.

Lidia hört reglos zu, mit gekrümmtem Oberkörper, die Hände an die vom Kopfhörer bedeckten Ohren gelegt.

Es gefällt mir nicht, sagt sie schließlich. Nein, es gefällt mir nicht. Schalten wir das Licht aus.

Magnus schaltet das Licht aus. Beide liegen auf dem Rücken in der Dunkelheit. Sie gewöhnen sich daran und machen die Konturen des Fensters, der Betten, des anderen aus. Sie haben das Fenster nicht geschlossen und die Vorhänge nicht zugezogen. Im Abteil ist es heiß. Der Zug fährt sehr schnell. Lidia hat den Ledergurt, der verhindern soll, daß man aus dem Bett fällt, nicht an der Wand befestigt.

Magnus hat die Augen weit offen. Er sieht eine winkende blonde Frau.

Ich bin Anna entkommen. Anna mit ihren Pelzmänteln. Bin ich zu alt, Magnus, bin ich zu alt. Nein, du bist nicht zu alt, du bist noch jung. Bin ich noch schön, Magnus, bin ich noch schön. Ja, du bist schön, Anna, du bist sehr schön. Anna ist fünfunddreißig. Sie macht mit mir, was sie will. Sie ist auf dem Bahnsteig gestanden und immer kleiner geworden. Ihre Hände haben in die Luft gegriffen. Bevor sie verschwunden ist, habe ich das Fenster zugeschoben. Seit einem Jahr macht sie mit mir, was sie will. Ihre Hände greifen zu. Die Hände, die meine Hände unter ihre Pelzmäntel ziehen. Die Hände, die sich breitmachen auf meiner Haut. Kleine gepolsterte Hände mit weißen Fingern. Dicke, weiche Finger mit langen harten Fingernägeln. Gegen diese Finger gibt es kein Mittel. Der böse Blick. Die böse Hand. Aber ich bin ihr entkommen.

Im Halbschlaf sieht Lidia Bilder. Der Vater, die Mutter, der Bruder sitzen um den Tisch. Ihr Platz ist leer. Die Mutter steht auf und geht in die Kirche. Sie bekreuzigt sich vor dem Bild der Schwarzen Madonna. Sie zündet eine dicke weiße Kerze an.

Der Zug fährt in eine scharfe Kurve. Lidia gerät an

den äußersten Bettrand und hält sich fest. Sie ringt nach Luft. Magnus fährt auf und streckt ihr über den Zwischenraum hinweg seine Arme entgegen. Er bekommt im Dunkeln eine Hand zu fassen. Sie beruhigt sich. Sie läßt ihre rechte Hand in seiner linken. Die Hände schweben über dem Zwischenraum.

Steig mit mir aus, flüstert Magnus. Steig morgen früh mit mir aus.

Es ist halb acht Uhr morgens. Automatisch öffnet sich die Glastür vor Lidia und Magnus. Sie stehen auf dem großen Platz vor dem Bahnhof. Sie halten sich an den Händen. Der Frühverkehr ist dicht. Die Autos bewegen sich langsam in mehreren Reihen. Auch die orangen Stadtbusse und Straßenbahnen stecken im Stau. Die Luft ist erfüllt von Abgasen und Autolärm.

Magnus zieht Lidia an der Hand durch die Autos, Motorräder und Mopeds hindurch über die breite Straße. Der blaue und der rote Rucksack leuchten in der Morgensonne. Er zieht sie in eine kleine Bar auf der dem Bahnhof gegenüberliegenden Seite des Platzes, deren Tür offensteht.

Der Barmann ist klein und gedrungen. Obwohl er gut rasiert ist, sind Kinn- und Wangenpartie von schwärzlicher Färbung. Geschickt und schnell wäscht er Gläser und trocknet sie mit einem großen weißen Tuch.

Fast Kinder, denkt er. Fast noch Kinder.

Zwei Kaffee und zwei von denen da, sagt Magnus und zeigt mit der Hand auf Blätterteiggebäck in der Glasvitrine.

Der Barmann lächelt und zwinkert ihnen zu. Er stellt das Gewünschte auf den Tisch. Dann beginnt er in einer großformatigen Zeitung zu blättern.

Da, sagt er und schlägt mit dem Handrücken auf eine Seite. Catania. Die Mafia. Jeden Tag.

Magnus und Lidia beugen sich über die Zeitung und sehen ein großes Schwarzweißfoto, auf dem weinende Frauen mit dunklen Kopftüchern abgebildet sind.

Sie sind überall, sagt der Barmann. Und Sie, fragt er nach einer Pause und zwinkert ihnen erneut zu. Wollen Sie ein Zimmer. Ich habe ein Zimmer. Oben. Er sticht mit dem senkrechten Zeigefinger ein paarmal schnell in die Luft. Billig. Ich will keinen Paß. Ich frage nicht.

Magnus sieht Lidia an.

Ich nehme das Zimmer, sagt er. Ein Einbettzimmer.

Zwei Betten, sagt der Barmann. Es sind zwei Betten. Aber billig. Wie ein Zimmer mit einem Bett. Er sieht Lidia an und zwinkert. Schönes Zimmer.

Magnus nimmt Lidias herabhängende Hand. Sie entzieht sie ihm, ergreift die Kaffeetasse mit beiden Händen und trinkt mit niedergeschlagenen Augenlidern.

Er nimmt das Zimmer, sagt sie. Das Zimmer ist für ihn.

Magnus sitzt auf der untersten Stufe einer breiten Treppe, die zu einer Kirche hinaufführt. Weit oben sieht er einen verwahrlosten Mann vor dem geschlossenen Kirchenportal liegen. Ein kleines Mädchen mit dunklen Locken kommt die Treppe herunter und stellt sich vor ihn hin. Sie drückt ihm ein Bildchen in die Hand.

Prende, sagt es mit finsterer Miene. Take please.

Magnus sieht die braunen, krummen, aufgeschlagenen Beine des Mädchens. Die Füße stecken in blauen Plastiksandalen. Schmutzige weiße Socken mit roten Herzen sind bis auf die Riemen der Sandalen hinuntergerutscht. Auf dem Bildchen sind eine streng blikkende Madonna und ein wie ein häßlicher Erwachsener aussehendes Jesuskind abgebildet. Er schüttelt den Kopf und gibt ihr das Bildchen zurück. Das Mädchen will es nicht nehmen, und das Bildchen fällt auf die Steinstufen.

Money, sagt das Mädchen und streckt die Hand aus. Money.

Magnus schüttelt den Kopf. Das Mädchen spuckt neben ihm aus und läuft weg, ohne das Bildchen genommen zu haben. Es läuft an einer Telefonzelle vorbei, in der Lidia steht. Magnus beobachtet Lidia. Sie hat die Tür der Telefonzelle offen gelassen. Sie spricht in den Hörer. Sie stemmt eine Hand in die Hüfte. Sie nimmt die Hand von der Hüfte und fährt damit durch die Luft. Sie legt den Hörer auf und tritt aus der Telefonzelle. Sie setzt sich neben Magnus auf die Stufe.

Ich habe gesagt, daß ich mir die Stadt ansehen will und in drei Tagen zu ihnen weiterfahre. Daß ich eine Jugendherberge gefunden habe. Die Tante war wütend. Du kannst nicht allein in der Stadt sein, hat sie gesagt. Du bist zu jung. Du bist erst fünfzehn. Ich bin sechzehn, habe ich gesagt. Dann habe ich gehört, wie der Onkel gesagt hat: Laß sie. Ich habe gesagt: Bis bald und aufgehört. Aufgehört.

Sie zieht mit der flachen rechten Hand einen waagrechten Strich durch die Luft vor sich.

Magnus legt den Arm um ihre Schulter. Er spürt die warme Haut auf ihrem Oberarm. Er legt den Kopf an ihre andere Schulter. Sie senkt die Hand und streicht ihm das Haar aus der Stirn. Er drückt das Gesicht mit geschlossenen Augen gegen ihre Handinnenfläche und küßt sie.

Was ist das für ein Bild, sagt sie und hebt das Heiligenbildchen auf. Eine Madonna. Das bringt Glück.

Sie gehen durch die engen Straßen. Das zwischen den Häusern einfallende Licht erreicht das Pflaster nicht. Nur das oberste Stück der baufälligen Häusermauern ist von der Sonne beschienen. Stricke und Eisenstangen verlaufen hoch oben zwischen den Mauern und durchschneiden schwarz den blauen Himmel. Die Eingangstüren zu den Häusern stehen offen. Sie führen sogleich in finstere bewohnte Zimmer. Ein alter Mann im Unterhemd löffelt im Halbdunkel einen Teller aus. Eine Frau steht in einem künstlich erleuchteten Raum an einem Bügelbrett und läßt das Eisen hin und her gleiten. Kleine Jungen stehen in Türeingängen und machen obszöne Gesten. Menschen sitzen gedrängt in kleinen Räumen, schneiden an Maschinen Schuhsohlen aus und nähen goldene Riemen daran. Der Rücken eines Schwarzen wölbt sich elegant über einer Mülltonne. In einer kleinen offenen Mechanikerwerkstätte arbeitet ein großer junger Mann in einem blauen Overall. Er hat Schultergelenke wie Kugeln. Dennoch sieht er aus wie eine Frau. Neben ihm liegen zwei wenige Wochen alte Hunde. Unförmige Frauen in ärmellosen Kleidern sitzen mit verschränkten Armen auf zu kleinen Stühlen vor den Häusern im Schatten. Große schwarze Vögel mit bunten Schnäbeln in kleinen, an den Wänden hängenden Käfigen sprechen Namen aus, so daß die Frauen lachen und ihre Körper ins Wanken geraten. Zusammenklappbare Wäschetrockner voll nasser Wäsche säumen die Gassen. An den Ecken beleuchten blaue und grüne Neonröhren Grotten und Vitrinen mit Heiligenstatuen und Bildern. Staubige und kümmerliche Pflanzen umstehen sie. Auch goldgerahmte Fotos von Verstorbenen lehnen an den Kruzifixen und Statuen.

Schau, sagt Lidia und zieht Magnus mit sich. So etwas habe ich noch nie gesehen.

In einer Glasvitrine sehen sie kleine, auf braunen Sockeln stehende Keramikfiguren. Die Figuren sind nackt und vom Nabel aufwärts sichtbar. Darunter werden sie von roten Keramikflammen verzehrt. Es sind Frauen und Männer, Alte und Junge, Priester und Laien. Die Figuren stehen, von Lämpchen beleuchtet, in einer Hölle aus rotbemaltem Pappmaché.

Lidia steht reglos vor der Hölle.

Die Sünder, sagt sie. Die Sünder.

Im Glas der Vitrine sieht sie Magnus und sich zwischen den Sündern gespiegelt. Sie sind viel größer als die Sünder.

Aber wir beten zum Bild der Schwarzen Madonna, sagt sie. Mein Bruder hat sich das Bein gebrochen. Er konnte dann wieder gehen. Wir haben ein kleines silbernes Bein gekauft. Der Pfarrer hat es neben die Madonna gehängt, zwischen alle silbernen Herzen und Arme und Ohren und Beine und Füße und Augen und Hände.

Wir glauben das nicht, sagt Magnus und zieht sie an sich. Meine Familie glaubt das nicht. Norwegen glaubt das nicht.

Die Sünder, sagt Lidia. Dann schweigt sie. Magnus läßt ihre Hand nicht los.

Auf dem Gehsteig einer breiten Straße haben fliegende schwarze Händler auf Decken ihre Waren ausgebreitet. Lidia und Magnus bleiben stehen und beugen sich zu den Waren hinunter.

Haarreifen, sagt Magnus. Ich kaufe dir einen Haarreifen. Es ist schön, wenn deine Stirn nicht bedeckt ist.

Lidia wählt einen dicken, mit schwarzem Samt überzogenen Reifen. Der schwarze Händler mit dem langen, weiten, gelbgrün gemusterten Gewand setzt ihn ihr lachend auf.

Schönes Mädchen, sagt er. Guter Junge. Liebe Liebe Liebe. Das ist gut. Bald kommt der Tod.

Er biegt sich zurück, so daß sich sein Gewand in seinem Rücken bauscht, und lacht laut.

Sie überqueren die Straßen und biegen in eine Gasse ein, die aufwärts führt. Die Gasse geht bald in Stufen über. In der Hitze steigen sie zwischen den Mauern viele Stufen hinauf. An den Mauern kleben zerfetzte Reste von Wahlplakaten, Teile von Politikergesichtern, verstümmelte, zerrissene Mienen. Destra nazionale. Destra nazionale. Destra nazionale. Ein Teil dieser alten Plakate ist mit sechs Exemplaren eines dunkelgrünen Plakats mit weißer Schrift überklebt. Sechs ernste Gesichter einer Frau blicken nach links oben. Über den Gesichtern steht Giorni Felici.

Giorni Felici. Giorni Felici. Giorni Felici. Giorni Felici. Giorni Felici. Giorni Felici, liest Magnus laut. Es heißt Glückliche Tage, sagt er und zieht Lidia an sich. Sie lehnen sich an eine niedrige Mauer und blicken über die von hohen Kränen überragte Stadt. In einiger Entfernung liegt grau das Meer. Dahinter zeichnet sich die sanfte Silhouette eines mächtigen Berges ab.

Der Vulkan, sagt Magnus und zeigt in die Richtung des Berges. Er ist nicht tot. Er lebt.

Magnus blickt zu Boden.

Wie ein Vulkan, hat Anna immer gesagt und dabei mit ihren Händen seine Haut in Besitz genommen. Bleibst du bei mir. Bleibst du noch eine Weile bei mir, hat sie gefragt. Er hat ihre Hände von seiner Brust genommen. Sie waren schwer zu entfernen wie Metallstücke von einem Magneten.

Bleibst du bei mir, fragt Magnus und nimmt Lidias Kopf in seine Hände.

Lidia bedeckt seine Hände mit ihren.

Wo hast du Englisch gelernt, fragt sie lächelnd. In der Schule.

Ja, in der Schule. Und ich war in den Ferien zweimal in Kalifornien. Ich habe einen Brieffreund besucht. Er heißt John Hopper.

Ich war in England, sagt Lidia. In Kent. Mit meinem Bruder. Meine Eltern haben Freunde dort. Polnische Freunde, die ausgewandert sind. Vormittags gingen wir immer in eine Sprachschule.

Sie zieht Magnus an der Hand weiter die Stufen hinauf bis zum Portal einer kleinen Kirche. Ein handgeschriebener Zettel ist mit Reißnägeln am Holz befestigt.

Corso di preparazione al Matrimonio, liest Lidia. Ultimo venerdi del mese da settembre a guigno. Was heißt das, fragt sie.

Ich weiß es nicht genau, es hat etwas mit der Ehe zu tun, sagt Magnus. Mit der Vorbereitung auf die Ehe.

Er sieht sie an.

Heiratest du mich. Ich heirate dich.

Lidia lacht.

Über der Hügelkuppe dehnt sich ein Park aus. In einem Teil des Parks sind viele Leute versammelt. Manche tragen Sportkleidung. Der Startschuß zu einem Fitneßlauf steht bevor. Lidia und Magnus sehen drei Nonnen in schwarzer Tracht mit halblangen Kleidern nebeneinander stehen. Jede der drei Nonnen trägt einen kleinen türkisen Plastikrucksack auf dem Rücken und hat einen weißen Stofflatz mit einer roten Startnummer umgebunden.

Magnus lacht.

Die Nonnen laufen mit, sagt er. Wie können sie in diesen Kleidern laufen.

Die Nonnen sind sehr stark, sagt Lidia. Unterschätze die Nonnen nicht.

Es ist so heiß, sagt Magnus. Gehen wir in den Park hinein. Ich möchte im Schatten sitzen.

Auf einem schmalen Kiesweg gehen sie an weißen und roten Oleandersträuchern vorüber dem Halbdunkel der Baumschatten entgegen. Der Weg weitet sich zu einem kleinen runden, von hohen Platanen umstandenen Platz, in dessen Mittelpunkt ein Brunnen steht. Aus einer bis an den Rand gefüllten rostroten Steinschale von etwa vier Metern Durchmesser fließt das Wasser über und wird von einem achteckigen, ungefähr dreißig Zentimeter hohen Becken aufgefangen. Lidia stellt sich auf die Einfassung des Beckens und taucht die Unterarme in das Wasser der Steinschale. Mit den hohlen Händen schöpft sie Wasser aus der Schale und benetzt ihr Gesicht damit. Als Magnus näher tritt, taucht sie die Hände wieder ins Wasser und streichelt sein Gesicht mit ihren nassen Händen. Dann nimmt sie seine Hände und taucht sie ins Wasser. Münzen schimmern auf dem Grund der Schale. Auf der Einfassung des Beckens balancierend, beugt sich Magnus ihr entgegen und küßt sie kurz auf den Mund. In diesem Augenblick springt ein großer schwarzer Hund ins Becken, so daß das Wasser aufspritzt und dunkle Flecken auf der Kleidung der beiden hinterläßt. Sie steigen schnell von der Einfassung und laufen Hand in Hand den schmalen Kiesweg weiter.

Wie eine große Schale mit heiligem Wasser, sagt Lidia. Heiliges Wasser, soviel man will.

Heiliges Wasser gibt es nicht, sagt Magnus.

Lidia sieht den Bruder das Kirchenportal aufstoßen. Er taucht die Finger ins Weihwasserbecken. Er überquert einen breiten Lichtstreifen, der aus einem hohen Fenster einfällt. Die silbernen Herzen und Arme und Ohren und Beine und Füße und Augen und Hände neben dem Gnadenbild blitzen in diesem Streifen auf.

Mein Bruder ist älter als du, sagt Lidia. Er ist neunzehn. Er hat schwarze Haare, nicht blonde wie du. Er hat Locken, nicht gerade Haare wie du. Er ist größer als du.

Setzen wir uns unter die Palme, sagt Magnus und deutet auf den außergewöhnlich dicken Stamm einer hohen Palme inmitten einer ausgedehnten Rasenfläche. Sie gehen durch das Gras zur Palme und ziehen ihre Schuhe aus. Lidia lehnt sich an den Baum. Magnus tritt vor sie hin und stemmt die Hände neben ihrem Gesicht an den Baum. Er vergräbt das Gesicht in ihrem Hals.

Mein Bruder hat gesagt, ich soll aufpassen, sagt Lidia und streicht mit den Lippen über sein Haar. Ich soll nicht glauben, was die Männer sagen. Die Männer lügen.

Lidia rutscht mit dem Rücken langsam den Palmenstamm hinunter, bis sie zu sitzen kommt. Magnus legt sich auf den Rücken und versucht seinen Kopf zwischen ihren Bauch und ihre aufgestellten Oberschenkel zu zwängen. Lidia streckt die Beine aus und bettet seinen Kopf auf ihren Bauch. Sie legt ihm die Hand auf die Augen. Dann neigt sie sich vornüber und küßt ihn lange auf den Mund. Ihre Haare fallen auf seine Haut. Sie läßt nicht zu, daß seine Hände sie währenddessen berühren.

Rühr dich nicht, sagt sie.

Magnus sieht Anna in ihrem dicken braunen Pelzmantel und ihren hohen Stiefeln durch den Schnee gehen. Sie wird immer kleiner. Er steht auf der Schwelle eines kleinen Holzhauses und blickt ihr nach.

Magnus setzt sich auf.

Von wem hast du das gelernt, fragt er. Du mußt das gelernt haben.

Mein Bruder hat es mir gezeigt, sagt Lidia. Er hat gesagt, ich darf nicht zulassen, daß ein Mann das macht.

Magnus sagt lange nichts.

Wie heißt dein Bruder, fragt er dann.

Er heißt Andrzej, sagt Lidia.

Gehen wir, sagt Magnus.

Sie gehen schweigend aus dem Park hinaus und die Treppen auf der anderen Seite des Hügels hinunter. Aus einem Fenster im dritten Stock eines Hauses läßt ein kleines Mädchen an einer Schnur etwas Kleines, Leichtes hinunter. Magnus nimmt es von der Schnur. Es ist ein selbstgemachtes kleines Briefkuvert, mit rotem Kerzenwachs versiegelt. Er blickt zu dem kleinen Mädchen auf. Das Mädchen redet wütend auf ihn herab. Im Weitergehen öffnet Magnus das Brieflein. Darin ist ein Zettel, auf dem in erfundener Kinderschrift ein Brief mit Datierung, Anrede und Unterschrift steht. Nur die Unterschrift ist leserlich. Es ist der Name Chiara in Blockbuchstaben. Eine Frau ist zu dem Kind ans Fenster getreten und schimpft ebenfalls.

Das hättest du nicht tun sollen, sagt Lidia. Du hättest nicht so neugierig sein sollen.

In der Dunkelheit gehen sie zurück zur Bar. Sie kommen an einer alten Kirche mit abbröckelnder Fassade vorüber, in der sich ein elegantes Warenhaus befindet. Durch die Glastüren der ehemaligen Kirchenportale hindurch sehen sie mit Lederjacken bekleidete Schaufensterpuppen. Der Eingang der Bar ist hell erleuchtet und steht offen. Lärm dringt aus dem Inneren. Fußballfans, die rot und weiß gekleidet sind, feiern den Sieg ihrer Mannschaft. Es sind junge Leute, nur ein älterer Mann ist darunter. Er trägt eine rotweiß gestreifte Standarte mit dem Namen der Mannschaft und trotz der Hitze eine rote Wollhaube mit weißem Besatz. Er ist betrunken und singt.

Der Barmann lacht ihnen entgegen.

Das Zimmer ist fertig, sagt er. Schönes Bett. Schönes Bett. Sie können schlafen gehen. Er sieht Lidia an.

Wir wollen noch etwas essen, sagt Magnus. Haben Sie etwas.

Ich kann einen Toast machen, sagt der Barmann. Wollen Sie einen Toast mit Käse und Schinken.

Ja, gern, sagt Lidia. Machen Sie zwei. Und ich möchte ein Bier.

Magnus zieht Lidia eng an sich. Sie blicken sich um. Neben ihnen am Schanktisch steht ein etwa dreißigjähriger Mann und zeichnet etwas in ein Heft. Er hält den Stift mit der Faust und zeichnet so heftig, daß er dabei kleine Löcher in das Papier reißt. Die Spitze seiner Zunge ist in seinem Mundwinkel sichtbar. Er zeichnet mit verschiedenen Buntstiften. Immer wieder wirft er Blicke auf Magnus. Eine blonde Frau um die fünfzig mit einem langen, ausgefransten Pferdeschwanz legt die Arme um einen jungen Fußballfan. Zwischen die gebleckten schlechten Zähne hat sie eine Zigarette geklemmt. Als sie ihm den Rauch ins Gesicht bläst, stößt er sie von sich. Sie läßt die brennende Zigarette aus dem Mund fallen und befördert sie mit einem wütenden Stoß ihres rechten Fußes ins Freie, so daß der Pferdeschwanz hin und her schwingt. Ihr Blick fällt auf das junge Paar, das umschlungen am Schanktisch steht. Sie lacht laut auf, zeigt mit dem Finger auf sie und sagt etwas, das die beiden nicht verstehen, das jedoch die Gäste der Bar in Gelächter ausbrechen läßt.

Das macht nichts, das macht nichts, sagt der Barmann, als Lidia ihr Gesicht an Magnus' Schulter verbirgt. Nette Leute. Alles nette Leute.

Er stellt den Toast auf die glatte Steinoberfläche des Schanktisches.

Da haben Sie. Guter Toast. Nur ein bißchen. Nur ein bißchen vor dem Schlafengehen.

Er kichert.

Der zeichnende Mann reißt das Blatt aus dem Heft und gibt es Magnus. Sie betrachten das Gewirr aus orangen und grünen Linien auf dem Papier. Viele Augen sind in das Gewirr hineingesetzt. Als Magnus es zurückgeben will, bedeutet ihm der Mann, daß es ein Geschenk ist.

Nimm es nicht, sagt Lidia. Diese Augen.

Magnus steckt die Zeichnung in seine Hosentasche.

Er freut sich, wenn wir es nehmen, sagt er. Warum nicht.

Nachdem sie gegessen haben, nimmt der Barmann die Rucksäcke, die den ganzen Tag hinter dem Schanktisch gestanden sind.

Ich zeige Ihnen das Zimmer, sagt er. Kommen Sie.

Er führt sie über eine schmale Treppe in den ersten Stock, schließt mit einem großen Schlüssel ein Zimmer auf, betätigt den Lichtschalter neben der Tür und macht eine weit ausholende Geste mit den Armen.

Gute Nacht, sagt er. Gute Nacht, mes enfants.

Er stellt die Rucksäcke auf den Boden und geht wieder die Treppe hinunter.

Sie sehen sich im Zimmer um. Die grauen Betonwände sind kahl, von der Decke hängt eine Glühbirne an einem langen schwarzen Kabel. In einer Wand ist ein kleines Fenster ohne Vorhänge. Darunter steht ein Nachttisch. Links und rechts neben dem Nachttisch steht je ein Bett. Am Fußende des linken Bettes steht ein Stuhl. Auf einer mit Nägeln an der Wand befestigten Schnur hängen drei schwarze Kleiderhaken. Neben der Tür ragt ein kleines weißes Waschbecken aus der Wand. Ein breiter Sprung durchzieht es. Über dem Waschbekken, auf einem Porzellanbord, steht ein Wasserglas. Daneben liegt ein kleines Stück Seife. An einem Haken an der Wand hängt ein weißes Handtuch.

Schönes Zimmer, sagt Lidia und beginnt zu lachen. Magnus stimmt in das Lachen ein und springt auf ein Bett.

Schönes Zimmer, schönes Bett, ruft er und läßt sich mit dem Rücken auf das Bett fallen. Dann holt er eine Flasche Rotwein aus der Seitentasche seines Rucksacks. Er nimmt ein Messer aus der Hosentasche, klappt einen kleinen spiralförmigen Flaschenöffner auf und zieht den Korken heraus. Er steht auf, holt das Wasserglas und füllt es bis an den Rand. Er reicht es Lidia, die in ihrem Rucksack kramt. Lidia trinkt das Glas bis zur Hälfte aus und gibt es ihm zurück. Nachdem er es ganz geleert hat, füllt er Wein nach und trinkt nochmals.

Lidia geht zum Lichtschalter und schaltet das Licht aus. Durch den schwachen grünlichen Lichtschein von der Straße ist das Zimmer nicht in völliges Dunkel gehüllt. Konturen lassen sich erkennen.

Ich muß mich waschen, sagt Lidia.

Magnus sieht undeutlich, wie Lidia sich auszieht und ihre Kleider auf den Stuhl legt. Er hört, wie Wasser in das Becken fließt. Er sieht, wie Lidia das Gesicht über das Becken hält. Er sieht, wie sie die Arme in die Höhe streckt, sich bückt, sich wieder aufrichtet. Er trinkt das zweite Glas Wein aus und schenkt nach. Er geht zum Lichtschalter und schaltet das Licht ein. Lidia steht nackt in einer Wasserpfütze auf dem Steinboden. Sie hat schmale Schultern und breite Hüften. Ihre Brüste sind klein. Er schaltet das Licht wieder aus, legt den Arm um ihre Schultern und führt sie zu dem Bett, das unberührt ist.

Ich heirate dich, sagt er.

Lidia liegt mit offenen Augen im Bett. Sie denkt, daß es fünf oder sechs Uhr morgens sein muß. Magnus ist an ihre Schulter geschmiegt und hat einen Arm über ihren Oberkörper und ein abgeknicktes Bein über ihre Schenkel gelegt. Es beengt sie. Sie wagt sich nicht zu bewegen, um ihn nicht aufzuwecken. Sie fühlt sich nicht wohl. Sie kann nur einen kleinen Ausschnitt von Magnus' Gesicht sehen. Seine Haare hängen ihm in die Stirn, sein Mund ist offen. Er atmet tief.

Das ist es also, denkt Lidia. Es ist nicht so wichtig.

Vorsichtig versucht sie sich aus Magnus' Umarmung zu befreien. Er bewegt sich und versucht sie wieder an sich zu ziehen.

Ich kann nicht schlafen, flüstert sie. Laß mich ins andere Bett gehen.

Bleib hier, murmelt Magnus. Bleib hier, ich heirate dich.

Er schläft gleich wieder ein.

Lidia steht auf und setzt sich auf das andere Bett. Magnus hat die Beine und Arme nun um das weiße Leintuch geschlungen. Auf dem Leintuch sind zwei rote Flecken, ein großer und ein kleiner.

Etwa eine Viertelstunde sitzt Lidia mit geradem Rükken auf dem Bett. Dann zieht sie sich an, nimmt ihren Rucksack, öffnet leise die Tür, schließt sie nicht und geht die Treppe hinunter. Das Haustor ist versperrt, doch eine Frau, die den Boden in der Bar aufwischt, schließt ihr auf. Bevor sie auf die Straße tritt, lächelt die Frau und zwickt ihr in die Wange.

Auf der großen Bahnhofsuhr sieht sie, daß es kurz vor sechs Uhr ist. Sie überquert die noch wenig befahrene Straße und geht zum Bahnhof. Die Glastür öffnet sich automatisch, und sie betritt die Halle. In der Halle steht ein großer weißhaariger Mann in einem grünen Parka.

Er wirft die Arme in die Luft und ruft voll Empörung etwas zum Glasdach der Halle auf. Es scheint ihr, als wiederhole er immer wieder den gleichen Satz. Zwei junge Männer, die auf ihren Schlafsäcken in einer Ecke sitzen, lachen über den Mann.

Man hat ihn bestohlen, sagt einer der jungen Männer erklärend auf englisch zu ihr. Man hat ihm seinen Koffer gestohlen. Willst du ein Sandwich. Wir haben auch Kaffee in der Thermosflasche.

Nein danke, sagt Lidia. Ich habe keine Zeit.

Sie überfliegt die Tafel mit den Abfahrtszeiten der Regionalzüge und findet heraus, daß der nächste Zug in die Kleinstadt, in der ihr Onkel und ihre Tante wohnen, in zwei Stunden fährt. Sie verläßt die Bahnhofshalle und schlendert quer über den Bahnhofsvorplatz. Sie biegt in eine schmale Straße ein, weil sie Stände mit frischen Fischen sieht. Die Händler bauen den Markt auf. In großen Schüsseln liegen pulsierende Muscheln im Wasser. Luftblasen steigen auf. Ein schwarzer Aal windet sich über den Verkaufstisch und hängt über die Kante. Schmale graublaue Fische blicken sie aus riesigen runden Augen an. Die Händler versuchen sie zum Kaufen zu bewegen. Sie reagiert nicht und biegt um eine Ecke.

Vor einer Kirchenfassade steht eine Platane. Aus einer Vertiefung im Stamm der Platane wachsen Feigenzweige mit frischen Blättern. Lidia betritt die Kirche. Auf einem hohen Metallgerüst steht eine junge Frau und malt mit einem feinen Pinsel an einem Fresko. Die Farben der linken Hälfte des Bildes sind verblaßt, die der rechten leuchten. Vor einem kleinen Marienaltar bleibt Lidia stehen. Eine junge und schöne Maria mit einem blauen Umhängetuch und einem lächelnden Kind auf dem Arm blickt ihr entgegen. Lidia nimmt ihre Brieftasche aus dem Rucksack, wirft ein paar Münzen in den Schlitz der

Büchse unter der Statue, legt die Brieftasche auf den Altar und zündet eine dicke, kurze weiße Kerze in einem Behälter aus rotem Glas an. Sie betet für sich und für niemand anderen. Sie lächelt die freundliche Madonna an und verläßt die Kirche. Ziellos geht sie weiter durch die Straßen und tritt schließlich durch ein Tor in einer Mauer in einen großen Garten. Es ist ein Rosengarten. Auf einer ausgedehnten Fläche blühen Rosen in allen Farben. Ein Duft weht ihr entgegen. Sie geht durch ein hohes Rosenspalier. Über ihrem Kopf schlagen die Rosen zusammen. Auf einer Bank unter den Rosen sitzt eine etwa vierzigjährige dunkelhaarige, einer Indianerin ähnliche Frau in einem langen, schwarzweiß geblümten Kleid mit einer hellbraunen Brille, deren Form ihrem Gesicht etwas Katzenhaftes gibt. Die Frau hat einen Arm auf die Lehne der Bank gelegt, hält das Kinn hoch, den Kopf geneigt und schaut von der Anhöhe über die vielen Rosen und die jenseits der Mauer sichtbaren Häuser der Stadt.

Sie fühlt sich wohl in ihrer Einsamkeit, denkt Lidia. Ich möchte sein wie diese Frau.

Plötzlich empfindet sie einen Stich der Freude. Niemand muß mit ihr durch das Spalier gehen, kein Geliebter, kein Bräutigam. Sie will allein durch das Hochzeitsspalier gehen.

Sie braucht niemanden.

Langsam geht sie zurück zum Tor und aus dem Garten hinaus. In einer kleinen Bar bestellt sie einen Kaffee. An der Wand hinter dem Kopf des Barmannes hängt ein altes braunes gerahmtes Foto, das die Bar im Jahre 1923 zeigt. Der Mann auf dem Foto sieht dem Barmann sehr ähnlich. Als Lidia zahlen will, merkt sie, daß sie ihre Brieftasche nicht mehr hat. Sie versucht es dem Barmann zu erklären, der Barmann versteht und schenkt ihr den Kaffee. Lidia denkt, daß die Brieftasche in der Kirche sein muß, auf dem Altar. Es gibt keine andere Möglichkeit. Sie geht den Weg zur Kirche zurück und drückt das Portal auf. Ein schlanker junger Mann kommt ihr entgegen. Lidia blickt dem Mann mitten ins Gesicht, in der Gewißheit, daß er ihre Brieftasche hat.

Haben Sie eine Brieftasche auf dem Marienaltar gefunden, fragt sie auf englisch, dann auf polnisch.

Der junge Mann sieht sie an und schüttelt lächelnd den Kopf. Sie betritt die Kirche. Ihre Brieftasche ist verschwunden. Das Gerüst, auf dem die junge Frau stand, ist leer. In einer der hinteren Bänke knien drei Nonnen in weinroter Tracht, mit schneeweißen Wimpeln. Lidia setzt sich in eine Bank.

Magnus läuft die Treppe hinunter und reißt die Tür zur Bar auf.

Wo ist meine Freundin. Haben Sie das Mädchen gesehen, ruft er.

Der Barmann, der Gläser trocknet und sich mit einem dunkelblonden Mann mit blasser, schlechter Gesichtshaut und einer braunen Lederjacke unterhält, wendet ihm den Kopf zu.

Ich weiß es nicht, sagt er lächelnd. Ich habe sie nicht gesehen. Vielleicht ist sie spazierengegangen. Es ist schön am Morgen.

Sie sind auch verantwortlich, ruft Magnus. Ich hole die Polizei.

Der Barmann tritt hinter der Bar hervor und legt Magnus eine Hand auf die Schulter.

Warten Sie. Warten Sie noch. Vielleicht ist sie spazierengegangen. Sie kommt zurück. Sie werden sehen, sie kommt zurück. Gehen Sie ins Zimmer und warten Sie.

Magnus läuft ins Freie. Er läuft durch die Straßen, in denen sie am Vortag gegangen sind. Nach einer Weile wird er langsamer. In einer finsteren schmalen, von abbruchreifen Häusern gesäumten Gasse sitzt ein schöner junger Mann inmitten von Müll auf einem Abfalleimer. Er nimmt Magnus nicht wahr. Magnus sieht, wie er eine Spritze aufzieht und die Nadel in die Beuge seines gestreckten, abgebundenen Arms drückt. Im Weitergehen beginnt Magnus zu weinen. Die finstere Gasse mündet in eine breitere und diese wiederum in einen kleinen baumlosen, menschenleeren Platz. Magnus setzt sich auf eine Bank.

Neben der Bank an der Mauer stehen zwei Steinsockel. Auf diesen Sockeln sind zwei steinerne Frauenfiguren ausgestreckt. Beide stützen sich auf den Ellbogen. Eine Statue ist gut erhalten, die zweite von der Zeit und vom Wetter schwer beschädigt. An der einstmals der anderen offenbar sehr ähnlichen Figur sind Kopf und Arme nur undeutlich zu erkennen. Sie sieht aus, als sei ein Schleier über ihren Körper gelegt, als versinke sie sterbend im Steinsockel. Magnus' Blick gleitet immer wieder von der gut erhaltenen Statue zur beschädigten. Sein Gesicht verzerrt sich in einem Schmerz, den er nicht kennt. Er starrt weiter auf die Statuen. Er hört zu weinen auf. Er beginnt die beiden Statuen in umgekehrter Reihenfolge zu betrachten. Aus dem Stein erhebt sich langsam eine Frau. Aus einer schemenhaften Gestalt wird eine scharf umrissene Frau mit Armen und Haaren.

Magnus steht auf und sucht weiter. Er geht an einer Kirche vorbei, vor der eine Platane steht. In einer Gasse sieht er vor einer abbröckelnden Hauswand von hinten ein Mädchen. Das Mädchen dreht sich um und sieht ihn an. Das Mädchen ist Lidia. Magnus, sagt sie. Schau.

Magnus tritt neben sie. Hinter einer Glasscheibe befindet sich eine der Pappmachéhöllen. Braunrote, unebene Wände mit kleinen, höhlenartigen Vertiefungen erheben sich. Auf dem braunroten Fußboden ziehen sich dünne Kabel, die in leere schwarze Lampensockel münden. Das ist alles. Die brennenden Keramikfiguren sind ausgeräumt.

Lidia sieht Magnus an. Die Hölle ist leer, sagt sie leise.

Als eine Fremde

Der Unbekannte steht wieder da. Auf der anderen Straßenseite. Er lehnt in einem Hauseingang und hat einen Blumenstrauß in Seidenpapier in der Hand. Er trägt eine Schildkappe aus dunkelblauem Samt.

Gerda sperrt die Galerie auf. Es ist elf Uhr vormittags, ein Montag. Sie zieht die Jalousien hoch. Vor drei Stunden ist sie mit dem Nachtzug aus Wien gekommen. Sie hat sich dort in verschiedenen Galerien umgesehen und eine Ausstellung mit einem jungen Wiener Maler vereinbart, der großformatige Bilder in fein abgestuften Schattierungen von Weiß malt.

Ich verstehe nicht, wie man bedenkenlos diese unterschiedlichen Farbtöne verwenden kann, sagte der Maler. Es würde mich beunruhigen. Schon die Weißtöne sind verwirrend. Verstörend, fügte er hinzu und sah sie mit erschrocken aufgerissenen Augen an. Gott ja, dachte sie, nickte und warf einen Blick auf seinen Körper unter dem weißen Hemd mit dem Stehkragen und den weiten Ärmeln, unter der weißen Leinenhose. Sie ist sechsundvierzig.

Das Schlafwagenabteil im Nachtzug teilte sie mit einer Österreicherin, die zum Internationalen Katholikentag fuhr. Ein kritischer Priester würde dort psychoanalytisch fundierte Vortrage über die Märchen der Gebrüder Grimm halten. Sie verehre diesen Priester sehr, sagte die Österreicherin, einmal sei er beinahe exkommuniziert worden.

Gerda schlief schlecht. Es war heiß im Abteil, und als sie das Fenster einen Spaltbreit öffnete, blies der Fahrtwind herein, und das Geräusch des fahrenden Zuges schien immer lauter zu werden.

Am Bahnhof drängten sich die Menschen. Sie trugen große Pappkartons oder saßen darauf. Mit der U-Bahn fuhr sie an aufgelassenen Stationen vorüber. Schwach erleuchtete, unterirdische Bäder ohne Wasser. Wunderbare Schauplätze eines Agentenfilms. Gekachelte Friedhöfe. Hier aussteigen, das möchte ich.

Die Tür der Galerie geht auf, und der Unbekannte tritt ein. Er stellt sich vor ein großes Bild, auf dem eine schattenhafte Frauengestalt zu sehen ist. Das Bild heißt Graue Braut. Der Mann ist mittelgroß und hager, das Gesicht vogelartig und zart. Er dreht sich um und legt den Blumenstrauß mit dem Papier vor sie auf den Tisch mit den Katalogen.

Der ist für dich.

Ich habe Ihnen gesagt, daß ich keinen Wert auf Ihre Anwesenheit lege.

Aber ich liebe dich.

Gehen Sie.

Der Unbekannte kommt auf sie zu und ergreift sie an den Handgelenken.

Du gehörst mir, sagt er. Und wenn ich dich umbringe.

Sie reißt sich los, läuft zur Tür und stößt mit einer Frau zusammen, die gerade hereinkommt. Die Besucherin entschuldigt sich und beginnt in den Katalogen zu blättern. Der Unbekannte geht. Sie setzt sich auf einen Stuhl.

Was will er. Ich weiß, was er will.

Sie hat nichts gegen ihn unternommen. Seit etwa zwei Wochen kommt er fast jeden Tag in die Galerie, nachdem er sie von der Straße aus beobachtet hat. Er tritt immer dann ein, wenn sie allein ist. Fast nie sagt er etwas. Als sie einmal fragte, was er wolle, antwortete er: Das weißt du genau. Mehrmals versuchte er sie anzufassen.

Ein Bekannter betritt die Galerie.
Ich brauche dein Auto, sagt er. Nur eine Stunde.
Der Typ war wieder hier, sagt die Galeristin.
Hol die Polizei.
Das ist nicht nötig.
Sie gibt ihm die Schlüssel und die Papiere, und er geht wieder.
Der Unbekannte steht hinter der Scheibe des großen Fensters der Galerie auf dem Gehsteig. Mittlerweile befinden sich drei Besucher in den zwei Räumen. Die Galerie geht nicht gut. Sie hat viel Geld investiert. Der Kunstmarkt ist schwer zu durchschauen. Der Mann lächelt sie durch die Scheibe an. Ein Besucher will wissen, um wieviel der Wert der ausgestellten Bilder in den nächsten fünf Jahren steigen wird.
Um das Dreifache, sagt sie.
Um drei Uhr kommt Lisa und löst sie ab.
Ich habe Max verlassen, sagt Lisa.
Der Typ steht wieder vor dem Fenster, sagt Gerda.
Endgültig, sagt Lisa.
Gerda nimmt ihre Jacke, verläßt die Galerie und geht an dem Unbekannten vorbei.
Ich bin so verliebt, sagt er.
Sie antwortet nicht. Er geht neben ihr her.
Dich krieg ich, sagt er und bleibt stehen. Dich krieg ich noch.
Sie ißt in einem indischen Restaurant. Der Raum bietet gerade Platz für vier kleine Tische. Am Nebentisch sitzen eine bleiche blonde Frau von etwa dreißig Jahren und ein dunkler junger Mann mit gewellten Haaren.
Am Freitag wird er aus dem Krankenhaus entlassen, sagt der Mann. Er muß zurück nach Istanbul.
Wozu das Ganze, sagt sie.
Er greift über den Tisch nach ihrer Hand.

Nein, sagt sie. Wir passen nicht zusammen.

Gerda steht auf und geht nach Hause. Sie nimmt den Weg durch den Park. Kinder sind auf eine Telefonzelle geklettert. Sie sieht sich nach dem Unbekannten um, er ist nicht zu sehen.

Die Gefahr, in die mich sein Gefühl bringt. Irgendwann werde ich die Polizei einschalten. Es ist noch zu früh. Dich krieg ich noch.

Ihre Wohnung ist ruhig gelegen. In der Bäckerei neben ihrem Haus kauft sie zwei Stück Kuchen. Eine Rechnung für die Reparatur ihrer Waschmaschine liegt im Brieffach. Kein Brief. Seit Wochen erhält sie Briefe ohne Absender mit Schwarzweißfotos, die sie zeigen. Wie sie vor einer Telefonzelle steht, eine Straße überquert, vor einem Antiquariat in einem Buch blättert.

Zu sehen, wie ich von außen betrachtet werde.

Auf einem der Fotos sitzt sie in einem Gastgarten, im Gespräch mit einem Bekannten. Lachend, mit lebhafter Gebärde der Hände.

Ich gefalle mir, als eine Fremde.

Sie sperrt die Schlösser der Wohnungstür auf. Müde von der Reise legt sie sich auf das Sofa in ihrem Arbeitszimmer, nachdem sie vorher die Zeitungsstapel darauf entfernt hat. Während sie die Zeitungen auf den Bretterboden neben dem weißen Kachelofen legt, liest sie die Schlagzeilen: Zwei Kinder fingen bei Grillparty Feuer.

Das Klingeln des Telefons reißt sie aus dem Schlaf. Die Mutter beklagt sich darüber, daß die Schwester keiner geregelten Arbeit nachgeht. Die Mutter hört nicht auf, über die Schwester zu reden.

Aber was geht mich das an. Was geht mich das an, denkt Gerda.

Man hat ihr den Strom abgeschaltet, sagt die Mutter. Sie war gerade hier und wollte sich duschen. Ich habe sie nicht eingelassen. Auch die Stromrechnung werde ich nicht bezahlen. Bitte sprich mit ihr. Kannst du sie nicht in deiner Galerie gebrauchen.

Sie sagt der Mutter nicht, daß sie selbst in finanziellen Schwierigkeiten ist. Die Schwester sei ihr nicht verläßlich genug, antwortet sie, sie wisse doch, wie die Schwester sei, immer schon gewesen sei. Immer habe sie grandiose Pläne, aus denen nichts würde. Sie verspricht der Mutter, mit der Schwester zu sprechen.

Ein Mann macht Fotos von mir, sagt sie. Auf der Straße. Ohne daß ich es weiß. Er schickt sie mit der Post.

Deine Schwester ist eine Versagerin, sagt die Mutter. Es gibt viele Verrückte.

Gerda geht in die Küche, kocht Kaffee, gießt ihn in eine große Schale, setzt sich damit auf den Balkon und ißt den Kuchen aus dem Papier. Unten auf der Straße gehen bunt gekleidete Frauen und Kinder und betteln. Sie betreten auch die Häuser. Es läutet an der Tür. Ein kleines Mädchen steht davor und macht eine bittende Geste mit Hand und Augen. Gerda ist verärgert über die Störung, schüttelt den Kopf und macht die Tür zu. Auf halbem Weg zum Balkon bleibt sie stehen.

Mein kaltes Herz.

Sie nimmt die Geldbörse und öffnet nochmals die Wohnungstür. Das Mädchen ist nirgends zu sehen. Sie läuft auf den Balkon und sieht es aus dem Haus treten.

Sie beugt sich über das Geländer.

Hallo, ruft sie. Warte.

Das Mädchen blickt zu ihr hoch. Sie wirft ihr ein Fünfmarkstück zu. Es fällt auf das Straßenpflaster. Das Mädchen bückt sich danach und bedankt sich nicht.

Schon einmal habe ich einem solchen Mädchen nichts gegeben.

Sie gießt die Blumen und Kräuter und zieht sich um. Dabei sieht sie ihr Gesicht im Spiegel.

Etwas ist darin, das den Unbekannten bewogen hat, mich für seinen Wahn zu wählen. Mein Wahn.

Sie fährt zu einer Ausstellungseröffnung im Zentrum. Es sind viele Leute gekommen, das übliche Publikum. Schwarze Raben. Ein ihr flüchtig bekannter Architekt stellt ihr einen ungarischen und einen kolumbianischen Schriftsteller vor.

Der Ungar nimmt seinen großen Hut ab und sagt: Ich lebe in Budapest. Ich habe zwei Töchter. Manchmal schreibe ich dreizehn Stunden am Tag. Ich habe kein Bügeleisen. Sie sehen aus, als hätten Sie ein Bügeleisen. Bügeln Sie manchmal. Leihen Sie mir Ihr Bügeleisen. Ich habe kein Bügeleisen in dieser Stadt.

Der Ungar sieht aus wie ein Schwede. Der Kolumbianer sieht aus wie ein Araber. Er spricht wenig. Der Architekt lacht viel. In einer Ecke steht der Maler und spielt Zugposaune.

Er hat eine Wohnung mit Blick auf den Hudson River, sagt eine Frau in einem roten Kleid neben ihr. Er malt nur noch auf Sperrholz.

Gerda nimmt sich ein Glas Wein und bleibt in einer Fensternische stehen. Der Architekt geht mit einem Mann an ihr vorüber.

Damit ist natürlich Warhol gemeint, sagt der Mann zum Architekten. Es geht in jeder Nummer um ihn. Ein wunderbares Album.

Der Ungar stellt sich zu ihr.

Wir werden heute noch Sekt trinken, sagt er. Ein paar Häuser weiter ist ein Café.

Der Akzent des Ungarn läßt Schmerz in ihr entstehen. Seine Stimme, ein weiches Messer.

Ich habe auch kein Bügelbrett, sagt er. Leihen Sie mir Ihr Bügelbrett.

Der Kolumbianer steht mit den Händen auf dem Rücken vor einem Bild. Eine Frau tritt zu ihm und sagt:

Haben Sie nicht in Rabat gelebt. Ich kenne Sie. Ich habe mein drittes Kind in Tanger zur Welt gebracht. Ich wollte Bowles besuchen. Das Kind kam zu früh. Bowles ist schon achtzig. Er geht viel spazieren. Er beobachtet Spinnen. Wie gefallen Ihnen die Bilder.

In meine Galerie kommt ständig ein Mann, sagt Gerda zum ungarischen Schriftsteller. Er schickt mir Fotos. Er ist eigenartig.

Eigenartig, sagt der Ungar. Sie sind eigenartig. Wir werden Sekt trinken. Ich mag diese Bilder nicht. Waren Sie je in Gyula. So wie der Vollmond über Gyula ist der Vollmond nirgends.

Ein schwarzhaariges Mädchen kommt auf ihn zu und küßt ihn lange auf den Mund. Er hat einen Fischmund.

Daß du wieder hier bist, sagt das Mädchen. Ich bin so glücklich. Ruf mich an. Bitte ruf mich an. Aber erst in drei Wochen. Ich fahre morgen früh nach Mali. Hier sind wir doch alle so unglücklich. Daß du wieder hier bist.

Dann geht sie die Treppe hinunter.

Die Kataloge sind ausverkauft. Gerda geht mit dem Ungarn, dem Architekten und dem Kolumbianer in das Café nebenan. Der Ungar bestellt Sekt. Er beginnt auf ungarisch aus seinem Buch vorzulesen. Nach einer Weile nimmt sie ihm das Buch aus der Hand und versucht gleichfalls, laut zu lesen.

Man versteht es, sagt der Ungar.

Sie will nicht aufhören zu lesen. Während sich die Männer unterhalten, liest sie laut immer weiter, ohne ein Wort zu verstehen.

Irgendwann verlassen sie das Café. Der Kellner läuft ihnen auf die Straße nach, weil der Ungar ihm zuviel Geld gegeben hat. Auf dem Gehsteig schieben sie den Schein zwischen sich hin und her, bis der Ungar ihn schließlich nimmt.

Im Café Phönix trinken sie weiter. Der Ungar sagt zu ihr: Ich werde mit Ihnen nach Hause gehen.

Mit mir nach Hause gehen, sagt Gerda.

Neben ihr schläft der Architekt. Der Besitzer tritt an ihren Tisch.

Es ist verboten, am Tisch zu schlafen, sagt der Besitzer.

Er stört doch niemanden. Er schläft doch ruhig, sagt sie.

Er soll nicht ruhig schlafen, sagt der Besitzer.

Draußen wird es hell. Im Grünen Café bestellt der Ungar wieder Sekt. Sie sitzen auf einem Balkon über der Straße. Auf der Straße tanzt ein Mann mit einem dünnen weißen Schal um den Hals, der bis zum Boden reicht. Gerda schließt die Augen halb, das Licht der aufgehenden Sonne tut ihr weh. Der Ungar setzt sich an den Nebentisch und erzählt drei jungen Schwaben von der Ebene um Szeged.

So wie der Vollmond über Szeged ist der Vollmond nirgends, sagt er.

Die drei jungen Schwaben sind zum Katholikentag gekommen.

Nichts gegen das Schwäbische, sagt ein Schwabe und bewegt den Kopf langsam hin und her. Ich lade Sie alle ein ins Schwäbische.

Der Kolumbianer schweigt lange, dann steht er auf, verabschiedet sich höflich und geht. Gerda streicht dem neben ihr schlafenden Architekten über den Kopf. Der Ungar bezahlt, und sie gehen mit den drei Schwaben weiter. Sie setzen sich auf Rohrstühle vor einem Café. Gerda lehnt ihren Kopf an die warme Hausmauer. Es ist mitten am Vormittag.

Wir von der katholischen Bewegung sind fröhliche Menschen, sagt der zweite Schwabe. Wir singen gern.

Ja, die Menschen im Schwäbischen singen gern, sagt der dritte Schwabe.

Die drei Schwaben schreiben ihre Adressen untereinander auf drei Zettel und verteilen die drei Zettel an den Ungarn, den Architekten und Gerda.

Wir sehen uns im Schwäbischen, sagen sie und gehen. Auch der Architekt verschwindet.

Ich weiß, wo man eine gute Gulaschsuppe bekommt, sagt der Ungar. Eine sehr scharfe ungarische Gulaschsuppe. Kommen Sie. Kommen Sie.

Sie gehen fünf Minuten bis zu einem kleinen Gasthaus an einer Straßenecke. Sie sind die einzigen Gäste. Der Ungar bestellt zwei Gulaschsuppen bei einem jungen Kellner. Zwei ältere Kellner sitzen mit dem Rücken zur Wand links und rechts von einem Beistelltisch. Sie gähnen gleichzeitig. Als der junge Kellner die Suppen bringt, lächelt er seinem Spiegelbild in einem großen Wandspiegel zu. Sie essen die Suppen langsam.

Entschuldigung, sagt der Ungar und kichert. Aber vielleicht werden Sie sich umbringen. Das kann sein.

Vielleicht werden Sie sich umbringen, sagt sie.

Entschuldigung, sagt er. Aber Sie haben nie geliebt.

Was kann ich tun, fragt sie.

Die Liebe ist sehr nahe. Sie sehen nichts.

Nachdem sie die Suppen gegessen haben, zahlen sie und gehen in den Eissalon auf der gegenüberliegenden Straßenseite. Die Bedienung ist hager und sieht aus wie eine berühmte Schauspielerin.

Wir möchten zwei Sehnsuchtsbecher, sagt der Ungar zur Bedienung.

Die Bedienung lächelt.

Was meinen Sie, fragt sie.

Sie wissen, Sehnsuchtsbecher. Eine Kreation. Er macht eine Handbewegung. Sehnsucht, sagt er.

Ich verstehe, sagt die Bedienung.

Sie bringt die Sehnsuchtsbecher. Die Sehnsuchtsbecher sind aus dickem hellblauem Glas, durch das man die Pastellfarben der Eiskugeln sieht. In einem Becher steckt ein langes Holzstäbchen mit einem bunten Falter aus Seidenpapier, im anderen eine rote Plastikrose. Sie essen das Eis.

Ich werde mit Ihnen nach Hause gehen, sagt der Ungar.

Es wird nicht nötig sein, sagt Gerda.

Ich werde trotzdem mit Ihnen nach Hause gehen, sagt der Ungar. Er winkt der Bedienung.

Mit der U-Bahn fahren sie zur Wohnung von Gerda. Neben dem Haustor lehnt der Unbekannte an der Mauer.

Ich warte schon lange auf dich, sagt er.

Ja, sagt sie, sperrt das Tor auf und geht ins Haus.

Entschuldigung, sagt der Ungar, folgt ihr und schließt das Tor.

Totenköpfe

Die junge Frau steht unter der Dusche. Lächelnd massiert sie sich das Shampoo ins lange blonde Haar. Sie hebt ihr Gesicht dem Wasserstrahl entgegen und läßt das Wasser mit geschlossenen Augen über ihr Gesicht rinnen. Ihre Wimpern sind lang, der Mund rot und voll, die Nase zart, die Zähne regelmäßig. Die Konturen der Schultern sind weich, die Haut ist leicht gebräunt und elastisch.

Die junge Frau geht in einem kurzen roten Kleid durch die Stadt. Ihre Beine sind lang, schlank und gerade. Sie trägt schwarze Schuhe mit hohen Absätzen. Sie schwenkt eine teuer aussehende Handtasche. Das glänzende blonde Haar schwingt langsam auf und ab. Am Straßenrand stehen hochgewachsene junge Männer in eleganten Anzügen. Sie tragen Aktenkoffer und werfen ihr bewundernde Blicke zu. Ein Mann mit dunklen Locken pfeift ihr hinterher.

Die junge Frau öffnet eine Tür und betritt einen Raum, in dem um einen runden Tisch sieben gepflegt aussehende Männer und zwei gepflegt aussehende Frauen sitzen. Sie lächelt strahlend und blickt auf die Uhr.

Edith erhebt sich vom Sofa, geht zum Fernsehgerät und schaltet es aus. Dann setzt sie sich wieder hin und nimmt einen Schluck aus dem Glas, das neben ihr auf einem Tisch steht. Sie führt es zum Mund und betrachtet dabei die Haut auf der Oberseite ihrer rechten Hand. Die Haut ist dünn wie zerknittertes Seidenpapier und von kleinen braunen Flecken übersät. Die Adern treten deutlich hervor.

Edith setzt das Glas ab und nimmt eine Zeitung vom Tisch. Sie blättert in der Zeitung, in der die neue Bademode vorgestellt wird. Große, schmale, wohlproportionierte Fotomodelle stehen mit langen Beinen im Wüstensand, die schlanken Hälse der Sonne entgegengereckt. Ihre Körper sind straff und makellos.

Edith schlägt die Zeitung zu. Sie steht auf und tritt durch eine Tür auf einen Balkon, von dem aus man einen ausgedehnten Blick über die Stadt hat. Auf der leicht abschüssigen Wiese vor dem Haus sprießt dicht das neue Gras. Gelbe Primeln und blaue Leberblümchen wachsen unter den Sträuchern entlang des Zaunes. Unter dem Balkon sitzt in einem grünweiß gestreiften Liegestuhl ein Mädchen in einem knappen rosa Bikini. Es hat einen Fuß auf die vordere Leiste des Liegestuhls gestellt und ist dabei, ihre Zehen hellrot zu bemalen. Zwischen den hellroten Zehennägeln des anderen Fußes stecken kleine Papierröllchen. Die dichten schwarzen Haare des Mädchens sind mit einer leuchtend roten Haarklammer nachlässig hochgesteckt und geben den Blick frei auf einen schönen Nacken und die zu einer Schleife gebundenen dünnen Träger des Bikinis.

Edith dreht sich um, verläßt den Balkon, greift nach dem Glas, trinkt es aus und geht aus dem Zimmer und durch den Korridor in einen kleinen dunklen Raum. Sie läßt sich auf das darin stehende breite Bett fallen. Sie dreht sich zur Wand und zieht die Knie eng an den Körper. Sie winkelt die Ellbogen ab, schließt die Finger zu lockeren Fäusten und berührt damit ihre Stirn.

Vor der geschlossenen Tür bellt ein Hund. Die Türglocke läutet. Edith fährt aus ihrem Dahindämmern auf. Sie öffnet die Zimmertür. Ein kleiner Hund springt kläffend an ihr hoch und läuft ihr voraus die Stufen zur Wohnungstür hinunter.

Wer ist es, fragt Edith, bevor sie die Tür öffnet.

Entschuldigen Sie bitte, sagt eine junge männliche Stimme.

Edith öffnet die Tür einen Spaltbreit. Der Hund schlüpft hinaus. Ein hübsches Gesicht mit grünen Augen lächelt sie an. Sie hat das Gesicht schon öfter gesehen.

Entschuldigen Sie, sagt der junge Mann, der auf der obersten Stufe der kurzen Treppe steht, die von der Haustür zu zwei hohen weißen, in einem rechten Winkel zueinander stehenden Wohnungstüren hinaufführt. Ich habe auf die falsche Klingel gedrückt. Ich wollte zu Inge. Inge Zernatto.

Der Hund springt an dem jungen Mann empor. Er wedelt mit dem Schwanz. Der junge Mann versucht ihn zu streicheln.

Nein, sagt Edith scharf. Er könnte beißen.

So sieht er nicht aus, sagt der junge Mann. Was ist er denn für einer.

Es ist eine Sie. Ein Zwergspaniel.

Hübsche Farbe.

Sie haben mich erschreckt, sagt Edith. Es ist nicht angenehm, wenn man aus dem Schlaf gerissen wird.

Entschuldigen Sie vielmals, sagt der junge Mann und wendet sich zur anderen Tür, die sich geöffnet hat. Das Mädchen steht im rosa Bikini auf der Schwelle. Sie ist groß, ihre Haut scheint im Licht, das durch die Türöffnung dringt, goldbraun zu schimmern.

Ich hätte nicht geöffnet, sagt Edith. Aber ich erwarte auch Besuch.

Hallo Peter, sagt das Mädchen und streckt die Arme nach dem jungen Mann aus. Dann sieht sie Edith in der Tür stehen.

Guten Tag, Frau Schneider, sagt sie freundlich. Hat er zuerst bei Ihnen geläutet.

Besuch von meinem Freund, sagt Edith.

Der junge Mann beachtet sie nicht mehr.

Edith schließt die Tür und geht langsam wieder die Stufen hinauf. Als der Hund nicht zu bellen aufhört, versetzt sie ihm mit dem Fuß einen Stoß und sagt: Sei ruhig.

Sie geht wieder ins Wohnzimmer und zieht eine Mappe aus dem Bücherregal. Sie setzt sich auf das Sofa und schlägt die Mappe auf. Die Mappe enthält Fotos. Auf einem Foto tanzt ein Mädchen in einem glänzenden ärmellosen Kleid mit einem ernst blickenden jungen Mann in einem dunklen Anzug. Das Paar bewegt sich unter anderen Tanzenden. Das Mädchen ist jung und schön und lächelt mit weißen Zähnen. Es trägt das Haar sehr kurz geschnitten, so daß der Hals etwas Unschuldiges hat.

Das war ich.

Sie blättert weiter. Eine junge Frau sitzt auf einem Baumstumpf. Sie hat die langen schlanken Beine übereinandergeschlagen, einen Ellbogen auf das Knie und das Kinn in eine Hand gestützt. Das Gesicht ist von der Sonne beschienen, die Augen sind zu schmalen Schlitzen verengt. Der Wind hat eine Strähne der langen Haare in ihr Gesicht geweht. Aus den schmalen Schlitzen blickt die junge Frau jemanden an. Sie lächelt jemanden an.

Das war ich. Die Mutter hat mir nicht gesagt, wie schön ich war.

Edith steht auf und geht zu einem ovalen Spiegel, der neben dem Bücherregal an der Wand hängt. Sie schaltet die beiden weißen, trompetenförmigen Lampen links und rechts vom Spiegel ein. Das Licht dieser Lampen ist nicht weich. Sie tritt nahe an den Spiegel und betrachtet lange ihr Gesicht. Es ist gebräunt, die Haut ist trocken und von zahlreichen kleinen und größeren Pigmentflekken bedeckt. Auf der hohen Stirn sind horizontale Falten eingegraben, nicht tief, doch es sind viele. Auch der Hals weist zwei breite ausgewaschene Faltenringe auf. Edith neigt den Kopf. Das Fleisch an den Kieferknochen ist ein wenig schlaff. Sie streicht darüber. Es ist sehr weich. Auch das überflüssige Fleisch unter dem Kinn ist zart und nachgiebig. Die Poren am Kinn sind gut sichtbar, ebenso die Härchen auf der Oberlippe. Edith reißt ein dickes, kurzes schwarzes Haar über dem Mundwinkel aus. Sie entblößt die Zähne. Über den Eckzähnen im Oberkiefer ist das Zahnfleisch sehr weit zurückgewichen. Die unteren Schneidezähne sind kurz, abgenutzt, braun vom Zahnstein. Ihre Stellung ist unregelmäßig. Einige Schneidezähne sind schwärzlich gefärbt. Sie macht den Mund weit auf. Einige Backenzähne fehlen, die übrigen weisen große Füllungen auf. Die mittleren vier Schneidezähne im Oberkiefer sind am schönsten. Es sind Kronen.

Das Gebiß eines Totenkopfes. Der Totenkopf ist alles, was bleibt. Ein sauberer, harter weißer Totenkopf. Ein schöner, runder, lachender Totenkopf.

Sie schaltet die Lampen aus und geht zum offenen Fenster, unter dem der Schreibtisch steht. Der große Magnolienbaum davor ist voller weißer Blüten. Einige wenige liegen auf dem Gras darunter. Inge Zernatto steht im Bikini an den Stamm gelehnt. Sie greift mit den Händen nach hinten und hält sich an der Rinde fest. Sie steht auf Zehenspitzen. Vor ihr, zwei oder drei Meter entfernt, kniet der junge Mann. Er dreht am Objektiv einer Fotokamera.

Gut, sagt er. Gut so. Jetzt geh hinter den Stamm.

Inge tritt hinter den Stamm, umfaßt ihn mit beiden Armen und blickt mit schräggelegtem Kopf hinter dem Baum hervor. Sie lächelt.

Edith starrt das lächelnde Mädchen an.

So bleiben, ruft ihr Freund. Bleib so.

Das Mädchen lächelt und lächelt unter dem blühenden Magnolienbaum.

Edith sieht, wie Richard das Gartentor öffnet, wieder schließt und den Kiesweg zum Haus heraufkommt. Er winkt den beiden jungen Leuten unter dem Baum zu. Sie geht hinunter zur Wohnungstür, wieder begleitet vom Hund. Sie öffnet die Tür.

Hallo Edith, sagt Richard, der mit einem flachen, in weißem Seidenpapier mit goldener Aufschrift verpackten Paket vor der Tür steht. Ich hab Brötchen mitgebracht. Ist es recht so.

Hallo Richard. Komm rein.

Der Hund springt an Richard hoch. Er winselt.

Hör auf jetzt, ruft Edith. Es reicht.

Laß ihn doch, sagt Richard. Es macht mir nichts aus, das weißt du. Ich hab das gern.

Edith zerrt den Hund am Halsband in die Küche und macht die Tür zu.

Sie gehen ins Wohnzimmer. Edith entfernt das Papier von den Brötchen und stellt den großen rechteckigen Pappteller auf den Tisch neben dem Sofa. Sie holt ein zweites Glas und schenkt aus der halbvollen Flasche Wein ein. Sie setzt sich auf den Stuhl aus Rattanrohr neben dem Tisch. Richard läßt sich auf dem Sofa nieder, nimmt das Glas und trinkt.

Ach, ist das angenehm hier, sagt er. Ich war fast den ganzen Tag im Studio. Das Hörspiel ist jetzt fast fertig. Wann machst du wieder was.

Diese Reportage über alte Schauspielerinnen wird noch etwas dauern, sagt Edith. Es ist gar nicht so einfach, diese Mumien in den verschiedenen Altersheimen aufzutreiben. Und dann sitzen sie in ihren Rollstühlen und reden so viel wirres Zeug, daß man nur einen Bruchteil davon gebrauchen kann.

Richard nimmt sich das zweite Brötchen.

Edith sieht ihn an. Er ist groß und hat lockiges graues Haar und einen leichten Bauchansatz. Seine Augen sind dunkelbraun.

Das Mädchen im Parterre, sagt Edith. Sie ist sehr schön, nicht.

Sie ist sehr jung, sagt Richard. Da sind alle schön.

Schauspielerinnen sind dumm wie die Nacht, sagt Edith.

Nicht alle, sagt Richard.

Doch, alle, sagt Edith.

Was hast du, fragt Richard und zieht sie neben sich auf das Sofa. Er legt ihr den Arm um die Schultern und streichelt mit der anderen Hand ihr Gesicht. Edith sieht ihre alten Hände in ihrem Schoß liegen. Zwischen zwei Knöpfen von Richards Hemd klafft eine kleine Lücke, durch die sie die grauen Haare auf seiner Brust sieht.

Sie rückt von Richard ab und blickt vor sich hin.

Was hast du denn, sagt Richard.

Ich bin häßlich und alt, sagt Edith.

Das ist nicht wahr, sagt Richard. Du bist nicht häßlich. Und du bist nicht alt. Warum glaubst du mir nicht. Ich habe es dir schon oft gesagt. Nicht viele Frauen sehen so gut aus wie du, wenn sie Anfang Fünfzig sind. Ich finde dich sehr weiblich. Sehr anziehend. Das weißt du. Warum weichst du meiner Nähe aus.

Ich kann nicht. Nicht mehr, sagt sie. Und nach einer Pause leise: Außerdem bin ich etwas in Zeitnot. Ich muß noch den Medienkurs für morgen vorbereiten.

Richard sieht sie an.

Laß mich hierbleiben, sagt er. Laß mich bei dir übernachten.

Ich bin in Zeitnot, sagt sie. Du solltest jetzt gehen.

Richard steht auf und blickt auf den Pappteller mit den mitgebrachten Brötchen. Fast alle Brötchen liegen noch da. Er hat zwei gegessen. Edith hat keines gegessen.

Edith blickt zu ihm auf.

Du kennst den Weg ja, sagt sie. Du findest ihn allein.

Richard geht aus dem Zimmer und schließt die Tür hinter sich.

Edith hört den Hund aus der Küche bellen. Eine Weile sitzt sie auf dem Sofa, dann steht sie auf und tritt auf den Balkon. Kurz sieht sie Richards Rücken. Dann biegt er um die Ecke. Sie geht zurück ins Zimmer und bleibt vor ihrem Schreibtisch stehen. Sie blickt auf die Papiere, die darauf liegen. Bevor sie sich an den Schreibtisch setzt, schaut sie aus dem Fenster. Auf der kleinen, von roten Geranien umsäumten Terrasse sitzen Inge Zernatto und ihr Freund. Vor ihnen auf dem kleinen Tisch stehen leere Teller. In einer Schüssel ist noch ein wenig Salat. Zerknüllte Papierservietten liegen auf dem weißen Tischtuch. Inge hat ein dünnes, fließendes blaues Kleid an. Edith vernimmt Wortfetzen, ihr Lachen. Inge steht auf und setzt sich ihrem Freund auf den Schoß. Edith blickt von oben in den Halsausschnitt ihres Kleides. Dann verschwindet der Ausschnitt hinter dem Kopf des Freundes. Edith setzt sich an den Schreibtisch.

Edith schläft unruhig. Sie sieht ein Knäuel ineinander verschlungener junger Körper. Ein Knäuel von Schlangen. Richard kommt und greift mitten in das Knäuel hinein.

Sie sind nicht gefährlich, sagt er.

Edith steht auf und holt sich ein Glas Wasser. Der Hund vor der Tür gibt einen langen knurrenden Laut von sich. Sie legt sich wieder ins Bett.

Das Bett des Mädchens ist direkt unter ihrem. Ein gläserner Fußboden. Auf einem gläsernen Fußboden gehen. Durch einen gläsernen Fußboden hindurchsehen. Über dem Bett der Schönheit schwebt sie, ein böser Geist, ein gerade noch vom Fleisch bedeckter Totenkopfgeist. Inges dunkles Haar strahlt sternförmig aus, ein schwarzer Stern. Die Arme zu ihren Seiten sind ausgestreckt, die Beine geöffnet. Nichts ist zwischen Inge und ihr außer dem gläsernen Fußboden, außer ihrem eigenen gläsernen Bett. Da schiebt sich ein Schatten zwischen Inge und sie. Der Schatten ihres Freundes. Der Freund bedeckt Inge. Der Freund deckt sich lückenlos mit Inge.

Edith trinkt den letzten Schluck Kaffee. Der Hund blickt zu ihr auf. Er hat glänzende braune Augen. Der Hund liebt sie. Dem Hund macht ihr Verfall nichts aus. Der Hund ist dumm. Der Hund wedelt mit dem Schwanz. Der Hund möchte mit ihr aus dem Haus gehen. Zur Strafe für seine Dummheit darf er es nicht.

Edith schließt die Küchentür, hinter der der Hund winselt. Sie verläßt die Wohnung. Auf dem Kiesweg kommt ihr Inge Zernatto entgegen. Sie schiebt ein Rad. Sie trägt enge Jeans und ein weit ausgeschnittenes T-Shirt.

Guten Morgen, Frau Schneider, sagt sie freundlich. Ist es nicht herrlich heute. Ich war schon laufen.

Guten Morgen, sagt Edith. Laufen. Ich laufe nie.

Mein Freund mag es auch nicht, sagt Inge. Es ist ihm zu anstrengend.

Mein Freund läuft gern, sagt Edith. Mein Freund kann kilometerweit laufen, ohne müde zu werden. Er ist in sehr guter körperlicher Verfassung.

Ja, sagt Inge. Das Laufen ist sehr gesund.

Sie schiebt das Rad weiter den Kiesweg hinauf.

Das Morgenlicht blendet Edith. Auf einer schmalen asphaltierten Straße geht sie an schönen alten Häusern in großen Gärten vorüber. Ab und zu kommt ihr ein Auto entgegen oder überholt sie. Es ist ein ruhiges, teures Viertel. Die Erde der Blumenrabatte ist frisch umgegraben. Kleine bunte Blumen blühen überall. Das Licht ist das Licht des Frühlings, eine blitzende Helligkeit. Gelbblühende Forsythiensträucher flammen überall auf wie Leuchtfeuer. Ziersträucher blühen feuerrot. Die Obstbäume stehen in den Gärten wie weiße Fackeln.

Edith biegt in das Universitätsgelände ein. Sie betritt das Hauptgebäude und geht über eine breite Steintreppe in den ersten Stock. In dem kleinen Hörsaal sitzen etwa zwanzig Studenten. Die jungen Augen, die jungen Gesichter sehen sie an. Dichte Haarmähnen, glatte nackte Arme, hervortretende Kehlköpfe, zarte Schlüsselbeine. Bartlose Wangen. Rundungen. Entspannte Muskeln, gespannte Muskeln.

Edith stellt sich an das Holzpult und legt das Heft mit ihren Notizen vor sich hin. Sie beginnt zu sprechen. Sie ist nicht bei der Sache und merkt, daß sie vieles aus ihrem Heft abliest.

Sie nimmt einen anderen Weg nach Hause. Einen Weg, der nicht durch so viele Gärten führt. Sie geht an Plakatwänden vorüber, auf Plakatwände zu. Riesige rote Frauenlippen weit über ihrem Kopf. Knöchel, Fesseln neben ihr, einen halben Meter breit. Sich wölbende Riste über riesigen roten Schuhen mit hohen hohen Absätzen. Seidenstrümpfe meterhoch. Hautflächen Hautflächen. Grüne Augen blaue Augen. Wimpernspieße weit oben.

Eine junge Frau mit einem Kind an der Hand geht an ihr vorüber.

Schau die Frau, sagt das Kind und wendet sich nach ihr um. Schau die Frau.

Edith geht schnell. Sie sieht das Haus, in dem sie wohnt. Sie steht davor. Sie öffnet das grün gestrichene Gartentor. Hinter ihr schlägt das Tor zu. Ein paar Schritte vor ihr geht Inges Mutter den Kiesweg zum Haus hinauf. Sie hat einen Schlüssel. Sie sperrt auf und geht hinein zu ihrer Tochter. Beim Schließen der Tür wendet sie sich um und sieht Edith.

Guten Tag, Frau Schneider, sagt sie. Wunderbares Wetter, nicht. Und eine Blütenpracht um das Haus.

Ja, sagt Edith und schließt ihre Wohnungstür hinter sich.

Der Hund springt über die Treppe, um sie zu begrüßen. Sie wehrt ihn ab und geht in die Küche, um ihm sein Fressen zu geben. Während sie das Fleisch kleinschneidet, leckt der Hund an ihren Knöcheln. Sie stößt ihn mit dem Fuß beiseite und stellt den Napf auf den Boden.

Friß, sagt sie. Friß jetzt.

Der Hund frißt schnell. Als der Napf leer ist, blickt er zu ihr hoch. Er hat nicht genug.

Genug jetzt, sagt Edith. Sei nicht so verfressen. Es war genug.

Sie geht ins Schlafzimmer, um sich andere Kleidung anzuziehen. An einer Wand des Schlafzimmers steht ein etwa zwei Meter hoher Spiegel. Sie öffnet die Fensterbalken. Sie zieht sich aus und stellt sich nackt vor den Spiegel. Sie tritt so nahe an den Spiegel heran, daß ihr Bauch fast das Glas berührt. Sie greift mit beiden Händen ihren Bauch an und drückt den quer über ihren Unterbauch verlaufenden Fettwulst zwischen den Fingern zusammen, so daß er noch mehr hervortritt. Die blaugeäderte Haut scheint zum Platzen gespannt. Der Nabel verschwindet tief im Fleisch. Sie läßt den Bauch los und die Arme an den Seiten herunterhängen. Die Arme sind lang und unproportioniert schmal im Vergleich zu den breiten Hüften, auf denen kleine Fetthöcker sitzen. Sie neigt den Kopf ein wenig zur Seite und blickt an ihren Oberschenkeln hinunter. Die Hautoberfläche ist uneben, bildet kleine Schatten. Sie streicht mit den Fingerspitzen über die Schenkel. Unter der Haut vermeint sie Knorpel zu spüren. Im Licht des Zimmers wirkt die Haut fahl, grünlich. Die Knie sind nicht schön geformt. Die Unterschenkel sind schlank, aber nicht gerade. Sie läßt den Blick an sich hinaufgleiten. Die Schultern sind hoch, mager, knochig. Die Brüste sind ein wenig verformt, ein wenig schlaff.

Reglos steht Edith da.

Das Skelett darunter. Schön und hart.

Das Telefon läutet. Edith schlüpft in einen schwarzen Morgenmantel und geht zum Telefon. Es ist Richard.

Wie geht es dir, sagt er. Geht es dir besser.

Es geht mir gut, sagt sie. Danke, gut. Der Hund ist manchmal etwas anstrengend.

Gehen wir ins Kino, fragt er. Hast du Lust. Ein japanischer Film.

Heute nicht, sagt sie. Ich muß arbeiten. Ein andermal.

Der Film soll sehr gut sein.

Heute nicht. Also dann.

Auf Wiedersehen, Edith.

Sie legt den Hörer auf und geht ins Wohnzimmer. Eine Rose. In einem Film von Kurosawa hat sie eine Rose gesehen. Die dunkelrote Samtrose bedeckte einen großen Teil der Leinwand. Weich, weich. Dunkle Schatten zwischen den einzelnen Blütenblättern. Eine Kolonne von schwarzen Ameisen bewegt sich über den Stiel zur Blüte hin. Gleichmäßig. Nicht aufzuhalten. Bewegen sich über den Stiel, die Dornen. Sind so klein, daß ihnen die Dornen nichts anhaben. Klettern über die Spitzen der Dornen. Rücken vor bis ins Zentrum. Ins Innerste. Zerstören das Innerste. Die innerste Schönheit. Und der Blick des Jungen, der die Kolonne der Ameisen beobachtet, die in einiger Entfernung von der Rose auf dem Erdboden ihren Anfang nimmt.

Sie tritt ans Fenster über dem Schreibtisch. Unten auf der Terrasse sitzt Inge Zernatto auf einem Küchenstuhl. Um ihre Schultern liegt ein weißes Handtuch. Ihre schwarzen Haare sind naß und reichen bis zur Taille. Hinter ihr steht die Mutter und kämmt sie mit langsamen Bewegungen. Dazu benutzt sie einen großen Kamm. Als Edith die Bewegungen der Mutter sieht, beginnt sie zu weinen.

Was für Haare du hast, sagt die Mutter. So schönes Haar. Gottlob hast du nicht meine geerbt. So dichtes Haar.

Inge bewegt den Kopf nicht und reicht der Mutter über die Schulter eine Schere.

Du kannst ein paar Zentimeter abschneiden, sagt sie. Die Spitzen sind schon angegriffen. Schneide sie weg.

Aber es ist doch schade darum, sagt die Mutter. So schönes Haar.

Edith geht ins Innere des Zimmers und setzt sich auf das Sofa. Die Tränen rinnen über das unbewegte Gesicht.

Im Traum sieht Edith eine junge Japanerin auf einem Strohteppich in der Ecke eines leeren Zimmers sitzen. Ihre rechte Hand liegt auf der Fernbedienung eines Fernsehgeräts. Neben ihr an der Wand steht ein kleines silberbesticktes Täschchen. Sie trägt einen blauen Kimono. Ihre Lippen sind grellrot, Augenränder und Augenbrauen schwarz bemalt. Das Haar ist streng zurückgekämmt. In ihren Ohren sind Perlen. Sie blickt finster. Plötzlich reißt sie mit plumpen Händen den Kimono über ihren Brüsten auf. Dann schiebt sie den Kimono hoch bis zum Bauch, so daß nur noch ein Stoffstreifen von etwa dreißig Zentimetern Breite ihren Oberkörper bedeckt. Die Beine sind dick, die Füße stecken in weißen Baumwollsocken.

Siehst du es, sagt sie. Sieh dir alles an. Es ist eßbar.

Edith dreht sich von einer Seite auf die andere. Ihr ist heiß unter der Decke. Sie wirft die Decke ab und setzt sich auf. Ihre Augen gewöhnen sich langsam an das Dunkel des Zimmers. Sie blickt auf die Uhr neben dem Bett. Es ist vier Uhr früh. Ohne etwas Bestimmtes vorzuhaben, steht sie auf und geht aus dem Zimmer. Sie nimmt einen Geruch wahr. Sie kann den Geruch nicht sofort näher bestimmen. Sie blickt die Treppe zur Wohnungstür hinunter. Die Wand neben der Treppe hängt voller Bilder. Ein Schwein, das an einem Abgrund steht, schaut den Mond an. Ein Wolf folgt einem Mädchen in einem roten Umhang. Edith blinzelt. Sie atmet tief ein. Sie sieht feinen Rauch die Treppe heraufziehen. Sie erkennt den Geruch.

Es brennt, denkt sie. Wo brennt es.

Sie geht die Treppe hinunter. Der Rauch wird ein wenig dichter. Sie geht wieder hinauf. Sie geht in alle Zimmer und entdeckt nichts. In der Küche hebt der Hund den Kopf und gibt ein kurzes Geräusch von sich. Sie geht wieder die Treppe hinunter. Sie merkt, daß Rauch durch die Wohnungstür dringt.

Es brennt im Erdgeschoß. Es brennt bei dem Mädchen.

Sie läuft die Treppe hinauf zum Telefon. Sie streckt die Hand aus, um den Hörer abzuheben und die Feuerwehr anzurufen. Das Mädchen anzurufen. Sie zieht die Hand wieder zurück. Sie steht reglos. Sie geht ins Schlafzimmer zurück und zieht sich schnell an. Sie nimmt eine Jacke von der Garderobe. Sie geht in die Küche und holt den Hund. Sie geht mit dem Hund die Treppe hinunter und aus der Wohnung. Beißender Rauch dringt durch die Fugen zwischen der Wohnungstür des Mädchens und der Wand. Sie verläßt mit dem Hund das Haus. Es ist dunkel. Auf dem Kiesweg befestigt sie die Leine am Halsband des Hundes. Sie geht durch das Gartentor. Sie schlägt den Weg ins Stadtzentrum ein.

Die Stadt ist menschenleer. Ein Betrunkener nähert sich, tappt mit den Händen nach ihr und spricht unverständliche Worte.

Verschwinden Sie, sagt Edith.

Du verstehst mich falsch, Baby, du verstehst mich ganz falsch, sagt der Betrunkene.

Ein Kastenwagen steht vor einer Bäckerei. Die Tür zum Laderaum ist offen. Körbe mit Brot stehen darin. Zwei Männer tragen einen Korb zur Bäckerei. Der Betrunkene geht unsicher auf das Auto zu und nimmt sich ein Brötchen aus einem Korb.

He, Hände weg, ruft einer der Männer.

Die Schaufenster der Geschäfte sind nur zum Teil erleuchtet. Die schönen schlanken Schaufensterpuppen mit den langen spitzen Fingern stehen im Dunkeln. Die langen, dichten schwarzen Haare fallen im Dunkeln über die Schultern der schönen Schaufensterpuppen. Man sieht die Gesichter kaum, die roten Lippen sind nicht rot. Die ausfahrenden Gesten der Schaufensterpuppen. Ihr Hüftschwung. Schwarze Umrisse.

Im Osten wird der Horizont hellgrau. Die Sterne verblassen. Bleich zieht der Mond durch schwarze Schwaden.

Ein großer oranger Müllwagen fährt durch die Straßen. Der Wagen hält. Männer in orangen Overalls kippen die schwarzen Mülleimer mit Getöse ins Wageninnere. Ein alter Mann mit einem dichten weißen Schnurrbart geht mit einem Schäferhund an ihr vorüber. Er nickt ihr zu.

Sie geht am Opernhaus vorbei, quer über den Bauernmarkt. Einige Bauern sind dabei, die hölzernen Tische aufzustellen, auf denen sie das Obst und das Gemüse anordnen. Die Ladeflächen ihrer Autos sind aufgeklappt. Auf einer Bank vor der Oper sitzen zwei junge Leute in regloser Umarmung.

Edith biegt von der breiten Straße ab und in einen Parkweg ein. Sie geht mit dem Hund in eine Wiese. Der Hund schlägt sein Wasser an einem Baumstamm ab. Ein Mann steht unweit von ihr neben einem kleinen verglasten Häuschen. Es ist eine Wetterstation. Er hat die Hände auf dem Rücken übereinandergelegt und betrachtet die Kurven, die der Schreiber auf die sich langsam bewegenden Schriftrollen zeichnet. Er dreht sich um und spaziert an ihr vorüber.

Der Luftdruck ist steigend, sagt er zu ihr. Die Luftfeuchtigkeit ist fallend. Und die Temperatur ist auch steigend. Endlich.

Sie sitzt auf der Bank und sieht zu, wie es hell wird. Der Hund streift durch die Parkwiesen.

Als Edith durch das Gartentor tritt, kommt ihr der Zeitungsausträger entgegen. Er hat eine gelbe, rot beschriftete Öljacke an und unter der rotgelben Mütze einen hellgrauen Schal um den Kopf gewickelt.

Schöne Bescherung, sagt er und schüttelt den Kopf.

Ist etwas passiert, fragt Edith.

Gebrannt hat es. Das Parterre sieht schlimm aus, sagt der Kolporteur und geht weiter.

Edith sieht die schwarzen Dreiecke über den Fenstern im Erdgeschoß. Sie nimmt den Hund von der Leine. Der Hund läuft am Zaun entlang. Edith geht den Kiesweg hinauf. Die Haustür ist offen. Der Läufer, der die kurze Eingangstreppe bedeckt, ist durchnäßt. An den Wänden sind Rußspuren. Die Flügeltür zur Wohnung im Erdgeschoß ist geöffnet. Man sieht durch die Wohnung hindurch bis zur Terrassentür, die ebenfalls offen ist. Edith geht durch die Haustür, steigt die Stufen hinauf und betritt die Wohnung des Mädchens. Der Parkettboden im Korridor ist naß und teilweise schwarz. Die Tapeten sind von den Wänden gebrannt und hängen in Fetzen von den Mauern. Edith geht ins Wohnzimmer. Ein Durcheinander aus Nässe und Schwärze. Von den Teppichen und Wandteppichen sind nur noch verkohlte Reste übrig. Die Bücher in den Regalen sind teilweise verbrannt, der Rest ist rußbedeckt. Die Wände sind schwarz, die Türen, die Türklinken. Drei weiße Flecken leuchten ihr aus der Wand entgegen. Es sind die Vertiefungen in einer Dreifachsteckdose. Edith tritt ans Fenster. Das elastische Band, mit dem man die Jalousien öffnet und schließt, ringelt sich schwarz über das Fensterbrett. Die Fensterscheiben sind undurchsichtig geworden. Die Stereoanlage ist geschmolzen, die geraden Linien sind nun gewölbt. In einer Ecke des Zimmers hat sich das Feuer bis an die Decke tief in die Wand eingefressen, auch der Parkettboden ist weggebrannt. An manchen Stellen der Wand sieht man eine alte rote Farbschicht, die unter den weißen Wänden verborgen war. Der schöne Keramikofen ist zur Hälfte verrußt. Jede der großen Kacheln ist mit dem reliefartigen Bild eines Reiters mit einer Lanze geschmückt. Vor dem Hintergrund der alten roten Farbschicht sehen die Reiter aus, als ritten sie in ein Flammenmeer hinein.

Edith geht ein paar Schritte auf das Schlafzimmer zu. Sie hält inne. Sie sieht einen schwarzen Schatten. Es ist das Bett. Sie geht durch die Türöffnung ins Zimmer. Das Bett ist niedergebrannt.

An einem kleinen, unversehrt gebliebenen runden Tisch mit einer Steinplatte sitzen Inge Zernatto und ihr Freund. Sie haben eine Flasche und zwei kleine Gläser vor sich stehen. In den Gläsern ist eine durchsichtige Flüssigkeit.

Guten Tag, Frau Schneider. Den Schnaps brauchen wir jetzt, sagt Inge Zernatto. Wollen Sie auch ein Glas.

Edith tritt wortlos näher. Sie setzt sich auf einen Stuhl.

Wir haben wirklich Glück im Unglück gehabt, weil niemand zu Hause war. Wo waren Sie denn eigentlich, fragt Inge Zernatto.

Ich. Ich war mit dem Hund spazieren. Manchmal, wenn ich nicht schlafen kann, gehe ich mit dem Hund spazieren. Es muß so gegen halb vier gewesen sein, als ich wegging.

Und Sie haben gar nichts bemerkt, keinen Rauch, keinen Brandgeruch, nichts, fragt Inges Freund.

Nein, sagt Edith. Ich habe nichts bemerkt.

Da hat es wahrscheinlich noch nicht gebrannt, sagt Inge, zu ihrem Freund gewandt. Dann dreht sie sich zu Edith.

Ein Kabelbrand, hat die Feuerwehr gesagt. Eine schadhafte Leitung. Wir hätten beide ersticken können, Sie und ich. Oder verbrennen. Sie und ich.

Dann sieht sie ihren Freund an.

Alle drei, sagt sie.

Sie wendet sich wieder zu Edith.

So ein Glück, daß er mich angerufen hat, sagt sie. Eigentlich wollte er bei mir übernachten, wissen Sie. Dann hat er mich aber angerufen, ziemlich spät, so gegen elf, und gefragt, ob ich nicht mit dem Rad zu ihm fahren will, er sei zu müde, um noch zu kommen. Dann habe ich eben das Rad aus dem Keller geholt und bin losgefahren.

Sie lacht und fährt ihm übers Haar.

Du bringst mir Glück, ich weiß es ja.

Und wer hat die Feuerwehr angerufen, fragt Edith leise.

Die Nachbarin. Sie arbeitet in einem Nachtlokal und kam gegen halb fünf nach Hause. Ich kenne sie, ich besuche sie manchmal mit meiner Mutter. Sie hat versucht, bei mir in der Wohnung anzurufen. Als niemand sich meldete, hat sie die Feuerwehr verständigt. Und meine Mutter. Meine Mutter hat dann bei Peter angerufen, weil sie gedacht hat, ich könnte bei ihm sein. Wir sind mit dem Rad hergefahren, und die Feuerwehr war schon am Löschen. In Ihrer Wohnung ist gar nichts passiert, haben die Feuerwehrleute gesagt.

Dieser Schaden, sagt Edith. Ein solcher Schaden.

Wir werden sehen, sagt Inges Freund. Vielleicht zahlt die Versicherung. Leicht möglich, daß die Versicherung den Schaden bezahlt. Dann hast du eine neue Wohnung, lacht er und sieht Inge an. Du hast ohnehin immer gesagt, du müßtest bald gründlich renovieren.

So ein Glück, sagt Inge. Wollen Sie noch einen Schnaps.

Nein danke, sagt Edith und steht auf. Ich werde mich noch ein wenig hinlegen. Bis später also.

Die Brandpolizei kommt heute am späten Vormittag, ruft Peter ihr nach.

Edith begibt sich vor das Haus, ruft nach dem Hund

und geht mit ihm in ihre Wohnung. Sie sperrt den Hund in die Küche. Sie schließt die Küchentür. Sie hört den Hund an der Küchentür kratzen. Sie geht ins Wohnzimmer. Sie fährt sich mit der Hand durchs Haar. Dabei fällt ihr Blick in den ovalen Spiegel. Sie sieht ihre Hand im Spiegel. Die Haut ist dünn wie zerknittertes Seidenpapier und von braunen Flecken übersät. Die Adern treten deutlich hervor.

Lilian Faschinger
Magdalena Sünderin

Roman
Gebunden

Die junge Kärntnerin Magdalena Leitner entführt einen österreichischen Priester auf einem Motorrad. Sie zwingt ihn, ihre Beichte anzuhören: die einer Mörderin aus Leidenschaft.

Nina Bawden im dtv

»Kaum jemand kann weibliche Lebenssituationen sensibler darstellen als Nina Bawden.«
The Times Literary Supplement

Ein Haus mit Garten
Roman · dtv 24103
Fanny Pye stellt sich auf der Straße einer Gruppe von Gewalttätern in den Weg. Sie erwacht im Krankenhaus, und ihr Leben verändert sich auf eine Weise, die ihre Familie einigermaßen in Bestürzung versetzt.

Besuch bei Freunden
Roman · dtv 11635
Laura ist glücklich verheiratet und eine erfolgreiche Schriftstellerin. Doch da sind diese Alpträume, in denen das Haus über ihr zusammenbricht...

Eine Frau in meinen Jahren
Roman · dtv 11726
Eine Urlaubsreise nach Marokko wird für Elizabeth Anlaß, den eigenen Lebenslügen nachzuspüren.

Das Eishaus
Roman · dtv 11775
Ruth und Daisy sind Freundinnen fürs Leben. Die Entdeckung, daß ihr Mann eine Affäre hat, bringt Ruth jedoch völlig aus dem Gleichgewicht.

Kunst der Täuschung
Roman · dtv 11908
Ein Mann, zwei Frauen, Kinder. Er verdient sein Geld mit dem Kopieren alter Meister. Täuschung ist sein Lebenselement. Doch manchmal täuscht er sich auch selbst.

Ein Flamingo im Regen
Kriminalroman
dtv 12314
Ein Mädchen wird tot aus der Themse gefischt. In ihrer Tasche findet man Briefe, die den Schuldirektor Humphrey schwer belasten.

Penelope Lively im dtv

»Penelope Lively ist Expertin darin, Dinge von zeitloser Gültigkeit in Worte zu fassen.«
New York Times Book Review

Moon Tiger
Roman · dtv 11795
Das Leben der Claudia Hampton wird bestimmt von der Rivalität mit ihrem Bruder, von der eigenartigen Beziehung zum Vater ihrer Tochter und jenem tragischen Zwischenfall in der Wüste, der schon mehr als vierzig Jahre zurückliegt. »Ein nobles, intelligentes Buch, eins von denen, deren Aura noch lange zurückbleibt, wenn man sie längst aus der Hand gelegt hat.« (Anne Tyler)

Kleopatras Schwester
Roman · dtv 11918
Eine Gruppe von Reisenden gerät in die Gewalt eines größenwahnsinnigen Machthabers. Unter ihnen sind der Paläontologe Howard und die Journalistin Lucy. Vor der grotesken Situation und der Bedrohung, der sie ausgesetzt sind, entwickelt sich eine ganz besondere Liebesgeschichte ...

London im Kopf
dtv 11981
Der Architekt Matthew Halland, Vater einer Tochter, geschieden, arbeitet an einem ehrgeizigen Bauprojekt in den Londoner Docklands. Während der Komplex aus Glas und Stahl in die Höhe wächst, wird die Vergangenheit der Stadt für ihn lebendig. Sein eigenes Leben ist eine ständige Suche, nicht nur nach der jungen Frau in Rot ...

Ein Schritt vom Wege
Roman · dtv 12156
Annes Leben verläuft in ruhigen, geordneten Bahnen: Sie liebt ihren Mann und ihre Kinder, führt eine sorgenfreie Existenz. Als ihr Vater langsam sein Gedächtnis verliert und sie seine Papiere ordnet, erfährt sie Dinge über sein Leben, die auch ihres in Frage stellen. Doch dann lernt sie einen Mann kennen, dem sie sich ganz nah fühlt ...

Joyce Carol Oates im dtv

»Mit dem Schreiben sei es wie mit dem Klavierspiel, hat Joyce Carol Oates einmal gesagt. Man müsse üben, üben, üben. Die Oates muß nicht mehr üben. Sie ist bereits eine Meisterin.«
Petra Pluwatsch, ›Kölner Stadtanzeiger‹

Grenzüberschreitungen
Erzählungen · dtv 1643

Lieben, verlieren, lieben
Erzählungen · dtv 10032

Bellefleur
Roman · dtv 10473
Eine Familiensaga wird zum amerikanischen Mythos.

Engel des Lichts
Roman · dtv 10741
Eine Familie in Washington zwischen Politik und Verbrechen.

Unheilige Liebe
Roman · dtv 10840
Liebe, Haß und Heuchelei auf dem Campus einer exklusiven Privatuniversität.

Die Schwestern von Bloodsmoor
Ein romantischer Roman
dtv 12244

Das Mittwochskind
Erzählungen · dtv 11501

Das Rad der Liebe
Erzählungen · dtv 11539

Im Zeichen der Sonnenwende
Roman · dtv 11703
Aus der Nähe zwischen zwei Frauen wird zerstörerische Abhängigkeit.

Die unsichtbaren Narben
Roman · dtv 12051
Enid ist erst fünfzehn, als ihre *amour fou* mit einem Boxchampion beginnt...

Schwarzes Wasser
Roman · dtv 12075
Eine Nacht mit dem Senator: den nächsten Morgen wird Kelly nicht erleben...

Marya – Ein Leben
Roman · dtv 12210
Maryas Kindheit war ein Alptraum. Dieser Welt will und muß sie entkommen.

Amerikanische Begierden
Roman · dtv 12273
Der Collegeprofessor Ian soll seine Frau ermordet haben. Wegen einer anderen...